KB115122

萬能書生
만능서생

임영기 新무협 판타지 소설

FANTASTIC ORIENTAL HEROES

만능서생 1

임영기 新무협 판타지 소설

초판 1쇄 찍은 날 § 2012년 7월 30일
초판 1쇄 펴낸 날 § 2012년 8월 6일

지은이 § 임영기
펴낸이 § 서경석

편집부장 § 권태완
편집책임 § 주소영
본문 디자인 § 이혜정

펴낸곳 § 도서출판 청어람
등록번호 § 제1081-1-89호
등록일자 § 1999. 5. 31
어람번호 § 제2-2244호

주소 § 경기도 부천시 원미구 심곡2동 163-2 서경B/D 3F (우) 420-822
전화 § 032-656-4452 팩스 § 032-656-4453
http://www.chungeoram.com
E-mail § chungeoram@chungeoram.com

ISBN 978-89-251-2961-7 04810
ISBN 978-89-251-2960-0 (세트)

萬能書生

만능서생

임영기 新무협 판타지 소설 FANTASTIC ORIENTAL HEROES

독종용비(毒種龍飛)

1

청어람

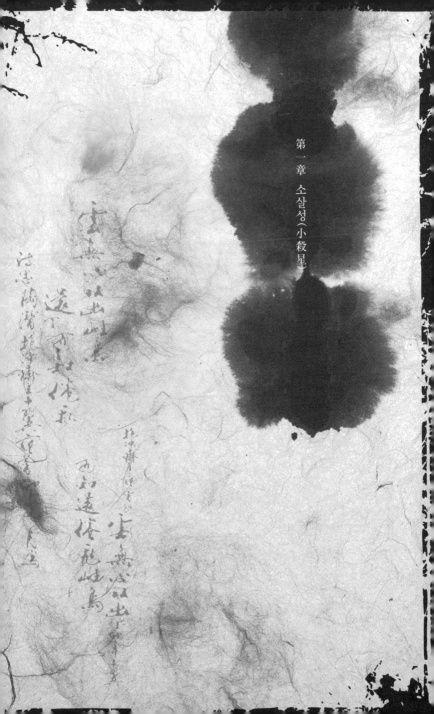

第一章　소살성(小殺星)

萬能書生

절강성(浙江省) 서북단 천목산(天目山).

울창한 산속은 대낮인데도 불구하고 어두컴컴하다.

바삭바삭.

좁은 오솔길조차도 없는 산속 가파른 비탈길을 한 명의 소년이 내려오고 있었다.

빽빽한 나무 사이 한여름의 무성하게 자란 풀숲을 헤치면서 내려오는 소년의 몸동작은 민첩했다.

그러면서도 소년은 무언가를 찾는 듯 쉴 새 없이 주위를 두리번거렸다.

그의 눈길이 잠깐씩 멈추는 곳에는 어김없이 약초와 버섯 따위가 있었다.

하지만 그는 그냥 지나쳤다. 큰맘 먹고 어렵게 천목산까지 왔는데 약초나 버섯 따위를 따서 하나뿐인 망태기를 채울 수는 없는 일이다.

이곳에서 그가 살고 있는 항주까지 돌아가려면 족히 백오십여 리 길이다.

그런데 약초나 버섯을 담아서 무거워진 망태기를 메고 백오십여 리를 간다는 것은 고생을 자초하는 일이다.

먼 천목산까지 온 목적은 항주 인근의 산에서는 구할 수 없는 희귀한 약초나 영물 따위를 구하기 위해서다.

지금 그의 눈에 띄는 약초나 버섯들도 귀하기는 하지만 목적한 것들은 아니다.

그래도 여기까지 온 소기의 목적은 달성했다. 그가 메고 있는 망태기가 묵직했다.

그 안에는 희귀한 약초들과 그로서도 생전 처음 보는, 그러나 공부를 통해서 익히 알고 있던 약초들이 망태기의 절반 이상을 차지하고 있다. 그래서 천목산에 오기를 잘했다는 생각을 몇 번째 하고 있는 중이다.

오천 척이 훨씬 넘는 천목산의 거의 정상까지 올라갔던 소년은 어느덧 험준하고 울창한 곳을 벗어나 산 중턱의 관도까지 내려왔다.

관도는 안휘성(安徽省)의 영국현(寧國縣)에서 천목산 중턱을 가로질러 절강성 어잠현(於潛縣)으로 이어진다. 관도라고는 하지만 평지의 관도보다는 좁고 험하며 아직도 이천 척 높이의 천목산 산중이다.

탁탁.

관도에 내려온 소년은 옷에 묻은 흙과 풀을 털어내고는 망태기 끈을 질끈 단단히 조여서 맸다.

이어서 이마의 땀을 닦아내고 이내 어잠현 방향으로 관도를 달리기 시작했다.

오천 척 높이의 험준한 산을 헤매다가 방금 내려왔으면 잠시 쉴 만도 한데 소년은 심호흡 한번 하지 않고 곧장 달려나갔다. 대단한 체력을 지닌 듯했다.

소년이 서두르는 이유는 내일 동이 트기 전까지는 항주에 도착해야 하기 때문이다.

그는 이곳에 오느라 일하고 있는 문파에서 어렵사리 이틀 동안의 휴가를 냈다.

그런데 문파에 도착하는 것이 늦어지면 휴가를 선처해 준 윗사람을 볼 면목이 없고, 또 소년이 맡은 일에도 차질이 생기고 만다.

그가 맡은 일이 비록 중요하지는 않지만, 소홀히 했다가는 여러 사람에게 폐를 끼치게 되는 것이다.

탁탁탁탁.

소년의 두 발이 땅을 울리는 빠르고도 규칙적인 소리가 산 속을 공허하게 울렸다.

그런데 그는 마치 잠깐 달리다가 그만둘 것처럼 전력을 다해서 달리고 있었다.

그것은 튼튼한 준마가 전속력으로 달리는 것에 절반에 달하는 빠른 속도다.

그렇지만 경공술을 전개하는 것은 아니다. 그는 경공술을 배운 적이 없다. 그래서 그저 두 발을 힘차게 뻗으면서 달리고 있을 뿐이다.

그의 달리는 모습은 꽤나 독특했다. 꼿꼿하게 세운 상체를 앞쪽으로 약간 비스듬히 숙인 자세였고, 구부린 두 팔꿈치를 힘차게 휘두르면서 추진력을 얻으며 전방을 향해 쓰러질 듯이 달리고 있다.

잠깐 달리고 말 것 같으면 발바닥의 앞부분, 즉 전족부만 땅에 살짝살짝 디디면서 차고 나가는 것이 일반적이다.

그런데 소년은 전족부와 중간 부위가 동시에 땅을 딛고 있다. 그러면서 발바닥을 힘차게 뒤로 팅기면서 전방으로 쏜살같이 쑥쑥 전진했다.

발의 전족부로 땅을 차는 것은 빨리 달리는 요령이고, 발바닥 중간 부위로 딛는 것은 오래 달리기 위함이다. 소년은 빨리 오래 달리기를 병행하고 있었다.

탁탁탁탁.

과연 소년은 달리기 시작한 지 이미 이각이 지났는데도 멈추지 않았다.

처음 출발했을 때와 거의 변함없는 속도로 꾸준히 달리고 있는 중이다.

더구나 호흡도 거칠지 않았다. 적당하게 거칠어진 호흡을 들이쉬고 내쉬면서 마치 항주까지 백오십여 리 길을 쉬지 않고 달릴 것처럼 질주했다.

때는 신시(申時:오후 4시) 무렵. 해가 지기 전에 어잠현에 도착하여 간단히 요기를 하고 나서 곧장 다시 출발하여 항주를 향해 밤새 달릴 생각이다.

소년은 십칠팔 세 정도의 앳된 나이에 육 척(약 180cm)에 가까운 큰 키다. 하지만 체구는 크지 않고 약간 마른 듯 후리후리했다.

허름하면서도 낡고 거친 검은색의 베옷을 입었으며 땀이 밴 헝클어진 더벅머리에 이마에는 빛바랜 누런 띠를 질끈 묶었고, 갸름한 얼굴 윤곽에 짙은 눈썹과 서글서글한 눈매를 지닌 전체적으로 준수한 용모였다.

그러나 행색이 워낙 남루하기 때문에 준수한 용모 따위는 그다지 돋보이지 않았다.

그런데 소년의 모습에는 조금 특이한 것이 있었다. 왼쪽 눈의 눈동자 바깥쪽 흰자위에 쌀알 크기의 점이 있었다.

눈의 흰자위에 점이라니, 보통 사람들에게는 찾아보기 어려운 것이다.

그것은 마치 눈에 티끌이 들어가서 박힌 듯했다. 하지만 절대 티끌은 아니었다.

차차차창―

그때 소년이 달려가고 있는 전방 쪽에서 느닷없이 무기끼리 부딪치는 날카로운 음향과 고함 소리, 기합 소리 따위가 들렸다.

그런 소리는 오래전부터 나고 있었는데 소년이 가깝게 다가와서야 듣게 된 것이다.

소년은 움찔 놀라며 달리는 속도를 약간 줄이고는 날카롭게 전방을 살펴보았다.

무기들이 허공을 가르는 파공음이 몹시 날카롭고 기합 소리에 공력이 깃들어서 주위가 쩌렁쩌렁 울리는 것으로 미루어 싸우는 사람들은 무림인인 것 같았다.

오십여 장 앞쪽은 비스듬한 언덕인데 싸우는 소리는 그 너머에서 들려오고 있어서 이곳에서는 보이지 않았다.

음향으로 미루어 여러 사람이 한데 어울려서 격렬하게 싸우고 있는 것 같았다.

소년은 속도를 줄여 계속 달리면서 잠시 어떻게 할까 생각하다가 관도 옆의 오른쪽 숲으로 뛰어 들어갔다.

그는 숲 속으로 곧장 한참 달려 들어가서 관도를 멀찌감치 에돌아 왼쪽으로 방향을 틀어 조심스럽게 발을 내디뎠다.

싸우는 자들이 무림인이라면 멀찍이 돌아서 간다고 해도 조심하지 않으면 안 된다.

소년은 괜히 상관도 없는 무림인들의 싸움에 휘말려서 곤경에 처하고 싶지 않았다.

무림인이 소년처럼 평범한 시골 무지렁이를 마구잡이로 죽일 리는 없겠지만, 재수가 없으면 뒤로 자빠져도 코가 깨지는 법이다.

"크아악!"

숲 속을 얼마나 갔을까. 그때 갑자기 좌측 관도 쪽에서 목을 힘껏 조르고 심장을 터뜨려 버리는 듯한 처절한 비명 소리가 들리자 소년은 움찔 걸음을 멈추었다.

관도 쪽으로 고개를 돌렸으나 울창한 숲 때문에 아무것도 보이지 않고 싸우는 소리만 계속 들릴 뿐이다.

그는 발걸음을 빨리해서 다시 움직이기 시작했다. 그렇다고 뛰어서는 안 된다. 자칫 소리라도 내는 날에는 목숨이 달아날 수도 있다.

타인의 일에는 절대로 상관하지 않는다는 것이 소년의 평소 지론이다.

그것은 경험으로 얻어진 것이다. 타인의 일에 관여하면 언제나 득보다는 손해 보는 일이 많았다.

그런데 그가 전진하고 있는 방향에 오르막 산비탈이 시작되고 있었다.

꽤나 높은 산비탈이었다. 그곳에서는 좌측의 관도가 한눈에 내려다보일 것 같았다. 하지만 반대로 관도에서도 그곳이 잘 보일 것이다.

잘못 왔다는 생각이 들었으나 되돌아가기에는 너무 멀리 와버렸다.

그래서 어쩔 수 없이 다시 걸음을 옮겼다. 최대한 조심하면서 산비탈을 빨리 지나가기로 마음먹었다.

"악!"

소년이 산비탈로 향하고 있는 도중에 관도 쪽에서 여자의 뾰족한 비명 소리가 들렸지만 멈추지 않고 계속 걸었다. 한시 바삐 이곳을 벗어나는 것이 상책이다.

산비탈은 멀리서 봤을 때보다 훨씬 더 높았다. 그나마 다행인 것은 크고 작은 바위들이 난립해 있고 군데군데 나무와 풀숲이 우거져서 더러 숨을 곳이 있다는 사실이다.

그곳에서는 좌측으로 오십여 장쯤 떨어진 관도가 손에 잡힐 듯이 한눈에 잘 보였다.

그런데 무심코 관도 쪽을 쳐다보던 소년은 움찔 놀라 그 자리에 멈췄다.

관도 바닥에 이십여 구의 시체가 피를 흘리면서 여기저기 쓰러져 있을 뿐 싸우는 사람들 모습이 보이지 않았다.

단지 네 필의 말이 주저앉아 구슬피 울고 있는데 다쳤는지 피를 흘리고 있었다.

무림인들이 계속 싸우고 있으면 안심하고 전진해도 괜찮을 터이다.

하지만 싸움이 끝났다면 그들이 어디로 갔는지도 모르는 상황에서 계속 갈 수는 없다.

소년은 커다란 두 개의 바위 틈새에 몸을 숨기고 자세를 잔뜩 낮춘 채 관도를 살폈다.

싸우던 무림인들이 어디에 있는지 확인을 한 후에 움직이려는 것이다.

그런데 사람의 모습은 아무도 보이지 않았다. 소년은 조금 더 자세히 살펴보려고 몸을 일으키면서 고개를 이리저리 돌리며 살펴보았다.

"하하하! 방 형! 이 계집, 소문으로 듣던 것보다 훨씬 더 기막힌 미인이지 않은가?"

"그렇군! 천하제일미라고 불려도 손색이 없을 정도야. 오늘 아주 횡재했네!"

바로 그때, 상체를 곧추세운 채 목을 길게 뺀 상태에서 관도 쪽을 살피고 있는 소년의 코앞에서 느닷없이 낯선 사내의 커다란 웃음소리가 들려오자 그는 움찔 가볍게 안색이 변해 급히 아래쪽을 쳐다보았다.

하지만 소년의 얼굴빛이 약간 변한 것뿐 놀란 기색은 보이지 않았다.

소년은 눈으로 목소리가 들려온 곳을 쳐다보며 급히 자세를 한껏 낮추었다.

관도 쪽만 살피고 있었는데 설마 싸우던 무림인들이 지척에 나타날 줄은 예상하지 못했다.

소년은 조심스럽게 품속으로 손을 넣어 무엇인가를 꺼내 양손에 나누어 쥐었다.

그것은 소년을 지켜주는 유일한 무기다. 하지만 아직 사람에게 사용해 본 적은 한 번도 없다.

그때 소년은 자신의 발아래 십여 장쯤 떨어진 곳 숲에서 두 명의 장한이 불쑥 나와 이쪽으로 다가오고 있는 것을 발견하고 눈살을 찌푸렸다.

원래 소년은 그가 살고 있는 곳에서는 강심장으로 정평이 났다. 여북하면 그가 놀라는 것을 본 사람이 아무도 없을 정도겠는가.

지금도 그는 위급한 상황에 처했으면서도 전혀 놀라지 않았고 또한 당황하지도 않은 모습이다.

그는 움직이지 않고 눈도 깜빡이지 않은 채 두 명의 장한을 뚫어지게 주시했다.

그런데 두 장한 중 앞선 자의 어깨에 누군가 엎드린 자세로 걸머메어져 있었다.

옷차림이나 흘러내린 긴 머리카락과 가녀린 체구로 봐서는 여자인 듯했다. 그녀의 오른쪽 어깨에는 검집이 묶여 있지만 비어 있었다.

여자는 죽었는지 아니면 혼절했는지 전혀 움직임이 없었고 장한이 걸을 때마다 이리저리 흔들렸다.

두 장한은 오른손에 피가 흠뻑 묻은 대감도(大砍刀)를 움켜쥐고 있었으며, 무성한 풀숲을 헤치면서 걷는데도 소리가 거의 나지 않았다.

관도에는 이십여 구의 시체가 흩어져 있었는데 이들 두 명의 장한이 최후의 생존자인 것 같았다. 이들이 무엇 때문에 여자를 메고 이곳으로 오는 것인지 모를 일이다.

소년이 숨어 있는 곳 바로 앞은 삼 장 높이의 직벽 낭떠러지며 그 아래는 나무가 없는 아담한 공터인데, 두 장한은 그곳으로 걸어오고 있었다.

그곳에서 소년이 숨어 있는 곳까지는 아무런 장애물도 없었으므로 두 장한이 고개를 들기만 하면 그 즉시 소년을 발견할 수 있을 것이다.

소년은 호흡을 멈춘 채 손가락 하나 까딱하지 않고 두 장한을 주시했다.

가까이에서 보니까 두 장한은 몸 여기저기에 다친 상처가 있었다. 하지만 큰 상처가 아니었고 그들도 별로 개의치 않는 것 같았다.

이윽고 두 장한은 소년이 숨어 있는 낭떠러지 아래쪽에 이르러서 그곳 풀숲 바닥에 메고 있던 여자를 반듯한 자세로 눕혔다.

비단으로 만든 매우 고급스러운 취의 경장을 입고 있는 여자는 나이가 많아봐야 소년 또래로 보였다. 하지만 소년으로서는 처음 보는 여자, 아니, 소녀였다.

세상의 눈으로 본다면 취의소녀는 경국지색이라고 불릴 정도로 절세의 미모를 지니고 있었다.

하지만 독특한 정신세계를 지니고 있는 소년의 눈에는 그저 한 명의 여자로만 보일 뿐이다.

그런데 취의소녀는 혼절을 하지 않았다. 풀숲 바닥에 눕혀진 상태에서 눈을 동그랗게 뜨고 좌우에 서 있는 두 장한을 번갈아 쳐다보고 있었다.

그러나 얼굴에는 두려움 같은 것은 없고 극도의 분노만 가득 떠올라 있었다.

취의소녀의 옷차림이나 정기가 흐르는 용모로 미루어 명문 무가의 여식이 분명했다.

소녀는 왼쪽 옆구리에 깊이 베인 상처 때문에 옷이 피에 흠뻑 젖었으나 장한들이 지혈을 했기 때문에 더 이상 피는 흐르지 않았다.

소년은 한눈에 봐도 취의소녀의 옆구리 상처가 심각한 상태라고 짐작했다.

또한 취의소녀는 혈도가 제압된 터라 손가락 하나 까딱하지도 입도 벙긋하지 못하면서 얼굴 가득 성난 표정만 떠올리고 있었다.

두 장한은 소문으로만 듣던 취의소녀를 이렇게 가까이에서 감상하는 것이 처음이라 양쪽에 서서 그녀를 이리저리 살펴보느라 정신이 없었다.

그 탓에 머리 위에 누가 있을 것이라고는 전혀 예상하지 못하고 있었다.

그런데 두 장한의 얼굴에는 공통된 표정이 떠올라 있었다. 그것은 이글거리는 욕정이었다.

붉어진 눈에서는 음탕한 눈빛이 흘러나오고, 연신 핥고 있는 입술에는 비틀린 쾌락이 매달렸다.

소년은 꼼짝도 하지 못하는 상황이다. 앞에는 낭떠러지고 몸이 바위 틈새에 끼어 있으니 좌우로도 갈 수가 없다. 이곳을 벗어나려면 한 걸음 앞으로 나가 바위 틈새에서 나와서 오른쪽으로 가야 하는데 그 순간 발각되고 말 것이다.

소년은 두 장한의 거동으로 미루어 취의소녀를 욕보이려는 것이라고 짐작했다.

그게 얼마나 걸릴지 모르지만 그때까지 소년은 이곳에서 꼼짝도 하지 못하게 생겼다.

하지만 그는 취의소녀가 두 장한에게 강간을 당하는 것에는 추호도 관심이 없다. 한시바삐 이곳에서 벗어나기만 바라고 있을 뿐이다.

어잠현에서 최소한 해시(亥時:밤 10시)에는 출발을 해야지만 다음날 동틀 녘에 항주에 도착할 테고, 그래야 곧바로 문파에서의 그의 일에 복귀할 수가 있다.

진시(辰時:아침 8시)에 시작되는 점호에 얼굴을 비추지 못한다면 무단결근이 돼버리고 만다.

찌이익! 짜악!

그때 장한 하나가 취의소녀의 옷을 거칠게 갈가리 찢어발겼다. 그리고는 가슴을 가린 젖 가리개에 이어서 소중한 곳의 고의마저도 잡아채서 집어 던져 버렸다.

갑작스럽게 벌어진 일이었다. 취의소녀, 아니, 실오라기 한 올 걸치지 않은 전라의 몸이 된 소녀는 혈도가 제압된 상태에서도 충격으로 몸을 부들부들 떨면서 두 눈을 동그랗게 부릅떴다.

커다랗게 떠진 아름다운 두 눈에는 여전히 공포는 떠올라 있지 않았다. 그 대신 억울함과 분노가 철철 넘쳐흘렀다.

그런데 소녀의 나신은 인간 세상에는 존재하지 않는 천상의 그 무엇 같았다.

백옥처럼 눈부시다거나 잡티 한 점 없는 빙기옥골(氷肌玉骨)이라는 표현은 바로 이 소녀를 두고 하는 말인 듯했다.

또한 태초에 조물주가 여자의 몸을 만들 때 이 소녀의 모습을 기준으로 삼았던 것이 아니었을까 여길 정도로 완벽한, 그리고 뇌쇄적인 몸매를 지녔다.

그래서 그 나신에 눈길을 주는 것만으로도 소녀의 성결함을 더럽히는 것만 같았다.

간밤에 내린 함박눈으로 온 천하가 새하얗게 변했을 때, 아무도 그 땅을 밟지 않은 순백의 성지, 소녀는 바로 그런 존재인 듯했다.

그런 소녀의 나신을 이리저리 살피는 두 장한의 눈에서 불길이 이글거리고 숨소리가 거칠어졌다.

그들은 설혹 열 번의 생을 거듭해서 산다고 해도 이런 절세의 나신, 아니, 우물(尤物)이라고 해야 마땅할 여체를 볼 기회는 정녕코 다시는 없을 터이다.

이런 상황에서 이성을 잃지 않으면 남자가 아닐 터이다. 그런 점에서 보면 소년은 이상할 정도로 추호의 흔들림도 없었다.

그는 처음에 소녀에게 눈길을 한 번 주고 나서는 이후로는 다시 쳐다보지 않았다.

두 장한은 재빨리 서로 눈빛을 교환하더니 그중 한 명이 서둘러 옷을 벗기 시작했다.

"크흐흐, 네년은 순결을 이 나리들에게 바치고 죽게 되는 것이니 처녀귀신이 되지 않고 저승으로 곧장 가게 될 것이다. 흐흐, 그러니까 감사한 마음으로 이 나리의 육봉을 고이 받아라."

소녀의 부릅떠진 눈에서 옥구슬 같은 눈물이 흘러내렸다. 분함과 서러움의 눈물이다.

잠시 후에 장한은 벌거벗은 몸이 되어 근육질의 건장한 모습을 드러냈다.

몸 여기저기에 몇 군데 자잘한 상처가 있었으나 워낙 건장한 몸이라서 대수롭지 않게 보였다.

그는 소녀의 나신 허리께에서 두 다리를 벌리고 선 채 입맛을 다시며 굽어보았다.

소녀의 눈길이 장한의 사타구니로 향했다. 흉측한 물건이 잔뜩 성이 나서 흔들리고 있었다. 소녀는 눈을 감고 싶었으나 혈도가 제압되어 그럴 수도 없었다.

"크흐흐, 너를 죽여 달라고 두둑한 돈을 받은 데다 기가 막힌 몸뚱이까지 품게 됐으니 오늘 이 나리는 정말 복이 터졌구나."

소년은 전라소녀를 쳐다보지 않고 있다가 다시 쳐다보았다. 그녀의 나신을 보는 것은 내키지 않았으나 장한들에게서 잠시라도 시선을 뗄 수 없기 때문이다.

그런데 그때 아래를 굽어보던 소년의 눈과 위를 쳐다보던 소녀의 눈이 허공에서 딱 마주쳤다.

소년은 움찔하며 그 자리에 얼어붙었다. 어째서인지 소녀에게서 눈을 돌릴 수가 없었다.

흡사 그가 외면을 하는 순간 소녀가 비명이라도 지를 것 같은 위기감이 엄습했다.

소년을 발견한 소녀의 두 눈이 더 커졌다. 그리고 눈으로 표현할 수 있는 모든 절박함을 다 쏟아냈다.

그것은 필경 도와달라는, 제발 살려달라는 구원의 눈빛임이 분명했다.

그 누구도 흉내조차 내지 못하는 독특한 정신세계를 지니고 있는 소년에겐 한 가지 약점이 있다.

예를 들어서 포악무도한 건달이 거리에서 불쌍한 어린아이를 미친 듯이 두들겨 패고 있다고 하자.

모든 사람이 주먹을 불끈 쥐면서 건달을 패 죽이고 싶다는 생각을 하더라도, 소년은 아무렇지도 않게 태연히 그 옆을 지나갈 수 있는 냉정한 성격의 소유자다.

그러나 만약 그 가련한 어린아이가 소년에게 살려달라고 울부짖는다면 그는 절대로 그냥 지나치지 못한다.

어린아이가 울부짖기 전까지의 소년은 그저 수많은 방관자 중 한 사람일 뿐이다.

그러나 어린아이가 소년을 향해 살려달라고 울부짖는 순간 어떻게 해서든지 어린아이를 구해야만 했다.

그런 감정은 도저히 제어가 안 되는 천성이다. 그로 인해서 여러 차례 불이익을 당하고 죽을 뻔한 적도 있었으나 좀처럼 고쳐지지 않았다.

지금 소녀의 눈빛이 그랬다. 혈도가 제압당해서 입으로 소리를 지르지는 못하지만, 그녀의 더 이상 커질 수 없을 정도로 부릅떠진 눈동자는 오로지 소년의 귀에만 들리는 엄청나게 큰 목소리로 외치고 있었다. 제발 살려달라고 말이다. 그것이 소년의 천성을 마구 자극해 댔다.

그 순간 천목산 산기슭에서 벌어지고 있는 강간 사건은 소년의 일이 되고 말았다.

더구나 그때 소녀의 나신 위로 몸을 굽히던 장한이 그녀의 눈길이 위쪽의 무엇인가를 보고 있다는 사실을 발견하고 이상하다는 생각에 고개를 들고 있었다.

소년에게 있어서 이제는 소녀의 애절한 눈빛 때문만이 아니라 자신의 목숨이 달린 급박한 문제가 되고 말았다.

소년은 사람하고 싸워본 적이 거의 없다. 더구나 상대가 무림인인 적은 결단코 한 번도 없었다.

하지만 그는 다른 많은 것들하고 싸웠다. 말하지 못하는 것들, 움직이지 않는 것들, 거짓말하지 않는 것들, 그리고 철저한 고독하고 말이다.

그래서 그는 이미 알고 있다. 상대가 자신을 발견했을 때는 이미 늦었다는 것을. 공격을 해야 한다면 바로 지금뿐이라는 사실을.

팟!

어느새 소년은 두 발로 힘껏 바위를 박차면서 몸을 절벽 아래로 날리고 있었다. 머리를 아래로 하고 다리를 위로 뻗은 위험천만한 자세다.

그러나 만약 다리를 아래로 향한 자세로 하강한다면 벌거벗은 장한과의 거리가 그만큼 멀어져서 공격이 성공할 확률이 줄어든다. 그래서 소년은 위험을 무릅쓴 것이다.

순식간에 소년과 벌거벗은 장한의 거리가 일 장으로 좁혀졌다. 그것은 소년이 의도했던 바다.

쉬잇!

그 순간 소년이 양손을 휘두르자 두 개의 반짝이는 작고 검으며 가느다란 물체가 쏜살같이 튀어 나갔다.

팍!

"억!"

고개를 막 들던 벌거벗은 장한의 이마 한복판, 즉 미간에 검은 물체가 쑤셔 박혔다.

또 하나의 검은 물체는 소녀의 발치에서 세 걸음 거리에 서 있는 장한을 향해 쏘아갔다.

장한은 움찔 놀랐으나 기민한 동작으로 상체를 비틀었다.

팍!

그러나 거리가 워낙 가까웠던 터라 완전히 피하지는 못하고 오른쪽 어깨에 검은 물체가 적중되고 말았다.

"윽……."

소년은 미간에 검은 물체가 꽂힌 채 상체가 뒤로 벌렁 젖혀져서 쓰러지고 있는 벌거벗은 장한의 어깨를 두 손으로 잡고, 그것을 축으로 삼아서 몸을 뒤집으며 발뒤꿈치로 어깨에 검은 물체를 적중당한 장한의 머리를 찍어갔다.

칵!

비틀거리던 장한은 소년의 내리꽂히는 발뒤꿈치에 정확하게 정수리가 찍혔다.

어깨에 검은 물체가 꽂힌 데다 소년의 공격이 워낙 빨라서 미처 피하지 못했다.

장한이 비틀거리면서 뒤로 물러나고 있을 때 소년은 소녀의 발치 풀숲에 낙법을 써서 한 바퀴 구르고 나서 연결 동작으로 퉁겨 일어나며 장한을 공격해 갔다.

이번에는 땅을 박차고 퉁겨 오르면서 주먹으로 장한의 사타구니를 힘껏 찔러갔다.

장한은 뒤로 두 걸음만 물러나다가 우뚝 멈추었다. 소년의 발뒤꿈치가 정확하게 그의 정수리에 적중되기는 했으나 어찌된 일인지 그는 거의 충격을 받지 않았다.

소년의 일격은 무림인인 그에게 솜방망이처럼 위력이 없었던 것이다.

장한이 자신의 사타구니로 뻗어오는 소년의 주먹을 피하기는커녕 오히려 수중의 대감도를 머리 위로 치켜들었다가 위맹하게 그어 내리며 저돌적으로 공격해 오자 소년은 다급히 주먹을 거두며 쓰러질 듯이 뒤로 물러났다.

휘잉!

도신이 소년의 이마와 가슴 위로 반 뼘 정도 거리를 두고 아슬아슬하게 스쳐 지나갔다.

장한은 일도가 빗나가자 재차 덮쳐들면서 공격을 하려다가 갑자기 우뚝 멈췄다.

그러더니 움찔 가볍게 몸을 떨며 더 이상 소년에게 다가서

지 않았다.

그의 시선은 소년의 얼굴에 고정되어 있었다. 그리고는 크게 당황하면서도 매우 복잡한 표정을 지었다.

"실례지만… 귀하는 어느 방면의 고인이시오?"

그것은 급습을 당한, 그래서 동료는 즉사하고 자신은 어깨에 상처를 입은 사람이 할 만한 말이 아니었다. 더구나 상대는 그의 자식뻘인 새파란 소년이다.

소년은 이런 일을 헤아릴 수도 없이 많이 겪었기 때문에 조금도 놀라지 않았고 동요하지도 않았다.

오히려 한술 더 떠서 우뚝 선 채 몹시 귀찮다는 듯 가볍게 인상을 썼다.

"꺼져라."

소년이 그렇게 말하자 장한은 자기도 모르게 움찔 몸을 떨며 한 걸음 뒤로 물러섰다. 그리고 등골이 오싹하면서 소름이 쫙 끼치는 것을 느꼈다.

소년은 그저 두 손을 늘어뜨린 채 우뚝 서서 굳은 표정을 짓고 있을 뿐이다.

그런 그의 모습에서는 장한을 두려워하게 만들 아무것도 없었다. 그는 단지 남루한 옷을 입은 더벅머리 소년일 뿐이었다.

그러나 소년에게는 부모로부터 물려받은 몇 가지 매우 특별한 신체적 유산이 있다.

그의 왼쪽 눈 흰자위에 쌀알 크기의 점이 박혀 있는 것이 부모에게 물려받은 유산인 것처럼, 소년의 인상과 온몸에서 풍겨 나는 분위기가 매우 남다르다는 것이 또한 그랬다.

소년의 얼굴을 하나하나 뜯어보면 이목구비가 반듯하고 매우 잘생겼다는 것을 알 수 있다.

하지만 전체적으로 보면 매우 이상하고도 복잡한 기운이 발산되고 있었다.

무엇이라고 딱 꼬집어서 설명할 수는 없지만 음산하고 요사스러우며, 잔인하고 포악한, 그런 소름 끼치는 악마적인 기운이 한꺼번에 은은히 흘러나오고 있었다.

그런데 방금 그가 장한에게 꺼지라면서 슬쩍 인상을 쓰자 갑자기 그 모든 기운이 폭발적으로 한꺼번에 와르르 뿜어졌다.

묵묵히 장한을 쏘아보는 소년의 두 눈은 그저 심연처럼 깊숙이 가라앉아 있었다.

하지만 장한의 눈에는 소년의 눈에서 섬뜩한 살기가 일렁이는 것으로 보였다. 마치 무림의 절정고수가 두 눈에서 살기를 뿜어내는 것 같았다.

장한은 꿀꺽 마른침을 삼켰다. 그는 자신이 오늘 재수없게도 악마 같은 소살성(小殺星)을 만났을지도 모른다는 생각이 들었다.

어째 일이 잘 풀린다고 했더니 끝판에 가서 지옥 문턱에 한 쪽 발을 들여놓은 기분이다.

장한은 어떻게 이 난관을 벗어나야 할지 머리를 짜내기 시작했다. 그런데 그때 문득 소년의 남루한 행색이 시야에 들어왔다.

그제야 장한은 비로소 소년의 전체적인 행색을 살펴보기 시작했다.

소년의 행색은 영락없는 산골 가난뱅이 그 자체다. 더구나 등에 메고 있는 망태기 입구가 열려서 약초 나부랭이 같은 것들이 삐져나와 있었다.

그걸 보면 소년은 이곳 천목산에서 약초나 캐는 화전민이나 어린 약초꾼이 분명했다.

장한은 머리가 복잡해졌다. 지금도 여전히 소년에게서 흘러나오고 있는 악마적인 기운은 무엇이며, 그것과는 완전히 상반되는 소년의 초라한 행색은 또 무엇이라는 말인가.

설마 강호를 진동하고 있는 소살성이 어린 약초꾼으로 변장을 했다는 말인가.

그러다가 문득 생각난 듯이 장한은 자신의 오른쪽 어깨에 꽂혀 있는 검은 물체를 힐끗 내려다보았다.

새카맣고 가느다란 물체인데 어깨에 반 치 정도 남겨놓은 상태로 깊숙이 꽂혀 있었다.

그런데 그 물체의 끝부분이 조금 이상했다. 둥글납작한 모양인데 어디에서 많이 본 듯했다.

'못?'

그렇다. 그건 못이었다. 아무리 봐도 못이 분명했다. 나잇살이나 먹은 그가 못을 알아보지 못할 리가 없다.

장한은 소년과 못을 번갈아 쳐다보았다. 섬뜩한 소살성이 못을 무기로 사용하다니 뭔가 이상했다.

그때 문득 그는 자신이 조금 전에 소년의 발길질에 정수리를 맞은 일이 생각났다.

발뒤꿈치로 정수리를 정통으로 가격당했는데도 아무렇지도 않았다.

발길질에 공력이 조금이라도 실려 있었다면 장한은 즉사를 면치 못했을 것이다.

또한 장한이 공격을 하자 소년은 공격을 하다가 황급히 뒤로 물러나며 피했었다.

그렇다는 것은 저 소년이 소살성이 아니라 그저 평범한 약초꾼일 가능성이 높다는 뜻이다.

장한은 누워 있는 소녀를 힐끗 쳐다보았다. 그는 동료 열일곱 명과 매복을 하고 있다가 소녀와 그녀의 호위 고수 세 명을 공격했다.

소녀를 죽이고 나서 머리를 가져가면 청부자에게 받게 될 액수는 무려 십만 냥이다.

그것을 동료 열여덟 명과 나누면 오천오백 냥 남짓이지만, 그들이 모두 죽어버렸으니까 이제 저 소녀만 죽이면 은자 십만 냥이 모두 자기 차지가 되는 것이다. 더구나 소녀의 몸뚱이는 은자 십만 냥 이상의 가치가 있다.

소년은 장한의 눈빛이 흔들리는 것을 보고 심상치 않음을 감지했다.

그래서 그는 재빨리 누워 있는 소녀 옆에 웅크려 앉으면서 검지와 중지를 꼿꼿하게 세워서 그녀의 마혈을 풀어주었다. 민첩하고 능숙한 동작이며 혈도를 짚는 제대로 된 정통수법이었다.

장한은 소년을 공격할 것인가, 이대로 도망칠 것인가 고민하고 있다가 소년의 돌발적인 행동에 움찔했다.

그런데 그 순간 소녀가 벌떡 일어나면서 미간에 검은 물체, 즉 못이 꽂힌 채 죽어 있는 장한의 손에서 대감도를 낚아채서 움켜쥐고는 곧장 서 있는 장한을 공격해 갔다.

그녀의 움직임이 너무 빠른데다 장한은 움찔 놀라고 있었기 때문에 미처 피하거나 반격을 하지 못하고 선 채 고스란히 당하고 말았다.

팍!

"흐악!"

퉁기듯 일어나면서 아래에서 위로 그어 올린 소녀의 대감도에 장한은 가슴에서부터 턱이 두 쪽으로 갈라지며 처절한 비명을 터뜨렸다.

소녀는 두 번 손을 쓸 필요가 없었다. 단 한 번의 공격에 장한은 피투성이가 되어 벌렁 자빠져서 그 길로 불귀의 객이 되었다.

소년이 소녀의 혈도를 풀어주고 그녀가 장한을 죽이기까지는 눈 한 번 깜빡할 정도밖에 걸리지 않았다.

웅크려 앉은 자세의 소년은 그녀가 대감도를 늘어뜨린 채 우뚝 서 있는 뒷모습을 물끄러미 쳐다보았다.

저 소녀처럼 아름다운, 그리고 늘씬한 여자의 나신을 보는 것도 처음이지만 우뚝 서 있는 뒷모습을 보는 것 역시 처음이다.

그런데 이상했다. 소년은 얼굴이 약간 화끈거리고 가슴이 두근거렸다.

이런 일은 처음이다. 그는 급히 시선을 돌리려다가 뭔가를 발견하고 그녀의 둔부에 시선을 고정시켰다.

그녀의 둔부 아래쪽에 가로로 베인 깊은 상처가 눈에 띄었다. 방금 움직였기 때문에 상처에서는 걷잡을 수 없이 많은 피가 흘렀다.

그뿐 아니라 옆구리 상처의 지혈이 풀려서 콸콸 피가 쏟아
지고 있었다.

　상처가 너무 커서 자칫하면 내장까지 밀려 나올 기세다. 그
대로 놔둔다면 소녀는 채 반 각을 버티지 못하고 과다 출혈로
목숨을 잃고 말 것이다.

　소녀는 손을 들어 올려 스스로 아혈을 풀었다. 그리고 소년
을 돌아보려고 몸을 돌리다가 그 자리에 힘없이 주저앉았다.
아니, 주저앉았다가 스르르 뒤로 쓰러졌다.

　그녀는 여전히 웅크린 채 앉아 있는 소년을 향해 바들바들
떨리는 손을 뻗으며 간신히 중얼거렸다.

　"도… 와줘요……."

　소녀가 그 말을 하지 않았으면 독특한 정신세계의 소유자
인 소년은 그냥 모른 체하고 갔을지도 모른다.

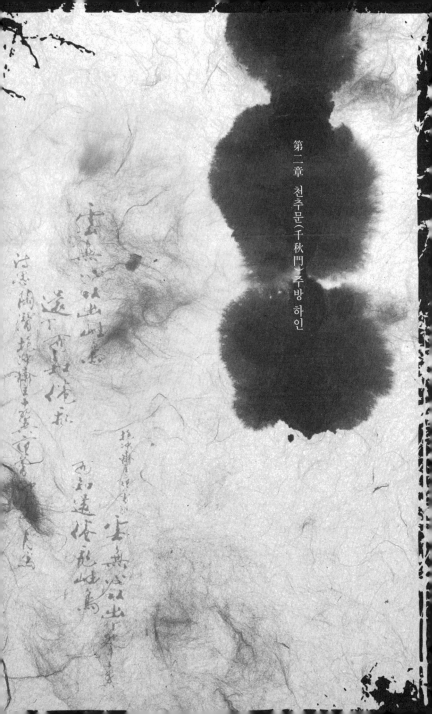

第二章 천추문(千秋門) 주방 하인

萬能書生

한정(翰貞)은 다음날 늦은 아침에 정신을 차렸다.

그녀는 침상에 반듯한 자세로 누워 있었다. 눈을 뜨고 상체를 일으키는데 왼쪽 옆구리가 뻐근했다.

순간 그녀는 자기가 중상을 입었다는 사실을 기억해 냈다. 그리고 천목산 중턱 관도상에서 매복하고 있던 괴한들에게 습격을 받았던 일부터 자기가 혼절할 때까지의 일들이 주마등처럼 뇌리를 스치고 지나갔다.

'어떻게 된 거지?'

한정은 혼절하기 직전의 상황이 생생하게 떠올랐다. 그 당시에 낯선 소년이 아니었으면 그녀는 두 명의 괴한에게 강간에 이어서 비참하게 죽음을 당했을 것이다.

그녀는 상체를 일으키던 자세에서 두 팔꿈치로 몸을 지탱한 채 주위를 둘러보았다.

그녀가 있는 곳은 평범한 객잔의 실내였다. 소년이 그녀를 이곳으로 데려온 것이 틀림없다.

그런데 소년은 어딜 갔는지 보이지 않았다. 잠시 밖에 나간 것 같았다.

한정은 우선 자신의 몸 상태를 살펴보기로 했다. 상체를 일으켜 보니 옆구리가 뻐근하기는 하지만 움직이지 못할 정도는 아니었다.

그녀는 어렵사리 앉아서 이불을 걷었다. 자기에게 갈색의 평범한 여자 옷이 입혀져 있는 것이 보였다. 그녀의 옷은 괴한이 갈가리 찢었기 때문에 입힐 수 없었을 것이다. 그래서 소년이 이 옷을 구해서 입힌 모양이다.

조심스럽게 상의를 들추고 옆구리를 살펴보다가 그녀는 눈을 크게 뜨며 깜짝 놀랐다.

그녀가 기억하기에는 옆구리의 상저가 매우 깊었었다. 그것 때문에 죽는다고 해도 이상하지 않을 정도로 심각한 상태였다.

괴한들에게 제압되었던 이유가 바로 옆구리 상처 때문이

었다. 옆구리를 베이는 순간 온몸의 힘이 쭉 빠지면서 무릎을 꿇고 말았다.

그런데 족히 한 뼘은 될 것 같은 긴 상처에 뭔가 불그스름한 것이 두텁게 발라져 있었다.

발랐을 당시에는 끈적끈적한 액체였던 것 같은데 지금은 손가락으로 살짝 만져 보니 꾸덕꾸덕 하게 말라 있었다.

상처 부위를 손으로 지그시 눌러보기도 하고 옆구리를 당겼다가 접어보고 이완시켜도 보았으나 그다지 아프지 않고 약간 뻐근한 정도다.

한정의 상식으로는 그 정도 깊은 상처라면 최소한 보름에서 한 달 동안은 치료를 받아야지만 비로소 움직일 수 있을 것이다.

그런데 지금 그녀의 상태로 봤을 때는 당장 움직여도 조금 아프기는 해도 무리는 없을 듯했다.

문득 그녀는 자신의 둔부 아래쪽 허벅지의 경계 부위에도 가로로 깊게 베인 상처가 있다는 것에 생각이 미쳤다.

그래서 조심스럽게 바지를 벗어보았다. 원래 입고 있던 그녀의 속곳이 입혀 있었다.

아마 소년이 찾아서 입힌 것 같았다. 그가 혼절해 있는 그녀에게 속곳을 입혔을 것이라는 생각을 하자 얼굴이 화끈 달아오르며 붉어졌다.

속곳을 벗고 허리를 잔뜩 비틀어 둔부의 상처를 보려고 해 봤지만 잘 보이지 않았다.

하지만 옆구리 상처에 비해서 훨씬 덜 아픈 것으로 봐서 그곳도 치료가 잘된 것 같았다.

한정은 침상에서 내려와 바닥에 발을 딛고 조심스럽게 일어나 보았다.

움직이니까 옆구리가 쿡쿡 쑤시면서 매우 아팠으나 참지 못할 정도는 아니다.

그녀는 천천히 걸어가서 창을 열고 밖을 내다보았다. 그리고 이곳이 천목산 아래 동남쪽에 위치한 어잠현이라는 사실을 알게 되었다. 또한 하늘의 해를 보니까 정오가 다 돼가는 시간인 듯했다.

따가운 햇살 때문에 그녀는 손바닥을 펴서 눈 위에 붙이면서 문득 생각했다.

도대체 누가 자신을 죽이라고 괴한들에게 살인 청부를 한 것인지 궁금했다.

하지만 그녀는 곧 고개를 흔들었다. 지금은 소년에 대한 일이 훨씬 더 중요했다.

소년은 한정의 생명의 은인이다. 뿐만 아니라 소년 덕분에 강간당할 뻔한 것을 모면할 수 있었다. 깨끗이 죽음을 당하는 것보다도 강간을 당하고 죽음을 당하는 것이 백배는 더 치욕

스러운 일이다.

그러므로 소년은 그녀의 목숨과 명예, 자존심을 동시에 지켜준 것이다.

게다가 소년은 한정을 말끔하게 치료까지 해주었다. 이런 놀라운 의술이 있다는 얘기는 들어본 적도 없다. 하여튼 소년에 대해서는 모든 것이 신비롭고 궁금했다.

소년은 천목산 중턱에서 이곳까지 한정을 업고 왔을 것이다. 그때가 경시(庚時:오후 5시) 무렵이었으니까 소년은 그녀를 업고 자정이 넘어서야 이곳에 도착했을 것이다.

한정이 봤을 때 소년은 무공을 할 줄 모르고 권각술 정도를 조금 하는 것 같았다.

그런데도 그녀를 구하기 위해서 괴한들을 공격했다는 사실이 그녀를 놀라게 하고 또 감격스럽게도 만들었다.

그것은 불의를 보고서는 자신의 안위 따위 돌보지 않는 정의로운 소년이기에 가능한 일이다.

그런 소년이 자신을 업고는 기진맥진하면서 장장 삼십여 리 길을 걸어 여기까지 왔다는 사실이 그녀를 더욱 감동하게 만들었다.

그리고는 이른 새벽에 객잔 문을 두드려서 객방을 얻어 그녀를 침상에 고이 눕혀놓았다.

한정은 소년에 대해서 말로 표현하지 못할 정도의 고마움,

아니, 그보다 훨씬 더 이상의 것을 느꼈다.

그녀는 다시 침상으로 돌아와서 걸터앉아 소년이 돌아오기를 기다렸다.

상처 때문에 눕고 싶었으나 소년이 돌아왔을 때 누워 있는 모습을 보이기 싫었다.

그것은 최소한의 예의다. 하지만 한 시진 이상이 지났는데도 소년은 돌아오지 않았다.

뭔가 이상하다는 생각이 들었을 때 한정은 그제야 침상 머리맡 교탁에 놓여 있는 물건을 발견했다.

그것은 각전(角錢) 몇 냥과 누런 헝겊 주머니 하나였다. 헝겊 주머니를 열어보니 완두콩만 한 크기의 녹색 환약이 열 알쯤 담겨 있었다.

그것을 보고 한정은 맥이 풀리며 낙담했다. 소년은 그녀에게 여비로 쓸 각전 몇 냥과 상처를 낫게 하는 약인 듯한 환약을 남겨두고 떠나 버린 것이 분명했다.

각전은 구리 돈 열 냥이었다. 어쩌면 그것은 소년에게는 매우 큰돈이었을 것이다.

주루의 점소이 한 달 녹봉이 구리 돈 이십 냥 남짓이니까 이것은 큰돈 정도가 아니다.

모르긴 해도 소년의 남루한 행색으로 미루어 아마 소년에겐 이것이 전 재산이었을 것이다.

더구나 소년은 떠나면서까지 한정의 상처를 염려해서 환약까지 남겨두었다.

"아아……."

한정은 발밑이 푹 꺼지는 절망을 맛보았다. 하지만 그와 함께 앞으로의 자신의 삶에 목표가 방금 생긴 것 같은 기분이 들었다.

"이처럼 선한 사람이 존재하다니……."

＊　　　＊　　　＊

절강성의 도읍인 항주 인근에는 백여 개가 넘는 크고 작은 방파와 문파들이 뿌리를 내리고 있다.

그렇지만 그중에서도 가장 세력과 규모, 영향력이 큰 다섯 개의 방파, 그리고 문파가 있다.

그것을 항주오세(杭州五勢)라고 부른다.

천추문(千秋門)은 항주오세 중 한 문파이며 정파에서도 내로라하는 명문대파다.

용비(龍飛)는 천추문의 숙객당(宿客堂) 주방에 소속된 겸인(傔人)이다.

겸인이란 주방의 이것저것 허드레 잡일을 하는 잡일꾼을

말하는 것이다.

장작을 패거나 청소를 하고, 칼을 간다든지 주방에 물을 길어다 주고, 남는 시간에는 텃밭을 가꾸는 일 등이 겸인 용비의 소임이다.

주방에 속한 겸인은 주방 내에서 숙수들의 일손을 거들고 잔심부름을 하는 내겸인(內傔人)과 주방 바깥의 거친 일을 하는 외겸인(外傔人)이 있는데 용비는 외겸인이다.

숙객당 주방의 외겸인은 남자들로 두 명이고, 내겸인은 여자들이며 네 명이다.

용비는 오늘 아침에 점호를 하는 진시 직전에 도착하여 가까스로 무단결근 신세를 면했다.

천목산에서 예상치 않았던 일에 휘말리지만 않았어도 훨씬 여유있게 도착했을 것이다.

그렇지만 그 일을 후회하지는 않았다. 그는 절대로 남의 일에 상관하지 않지만, 일단 개입한 일에 대해서는 추호도 후회를 하지 않는 성격이다. 후회를 해봤자 아무 소용이 없기 때문이다.

그리고는 돌아서면 그 일에 대해서는 싹 잊어버린다. 그냥 잊으려고 노력하는 것이 아니라 머릿속에서 깡그리 지워 버리는 것이다. 그러면 이후에 문득문득 떠오르는 일은 두 번다시 없다.

취의소녀는 용비가 자신을 업고 자정이 넘어서야 어잠현에 도착했을 것이라고 짐작했으나 사실은 건시(乾時:밤 9시) 무렵에 도착했다.

용비의 남다른 뜀박질 실력을 몰랐기 때문이다. 그는 너무 늦은 나머지 끼니도 거른 채 줄곧 항주까지 달려서 숙객당의 아침 점호 직전에 도착했던 것이다.

점심시간 후에 용비는 같은 숙객당 주방 외겸인 중 한 명인 마강(瑪鋼)을 찾아보기로 했다.

점심을 먹은 후에 짧은 휴식 시간 동안 마강은 주방 뒤쪽 인공 숲 속의 공터에서 비지땀을 흘리면서 권각법 수련을 하고 있었다.

천추문에서는 문파 내에서 일하는 사람에게 무술을 배울 기회를 주고 있다.

닷새에 한차례씩 천추문 후경(後境) 소연무장에서 천추문의 오대제자(五代弟子)들이 권각법과 봉술(棒術), 토납법(吐納法) 세 종류를 가르친다.

천추문에는 가장 고강한 일대(一代)에서 가장 약한 오대(五代)까지의 제자들이 있다.

그러나 오대제자라고 해도 강호에 나가면 이류급 이상의 실력을 발휘한다.

천추문의 성명 무공이 워낙 특출하고, 제자들을 엄격하고도 호되게 수련시키기 때문이다.

오대제자들이 하인 등속들에게 가르치는 것은 무공이라기보다는 무술이라고 해야 할 호신술 정도의 수준이다.

하지만 그 정도만 제대로 수련해도 밖에 나가서 맞고 다니는 일은 없을 것이다.

아름드리나무 아래에서부터 키보다 훨씬 높은 곳까지 새끼줄이 칭칭 감겨 있다.

타타탁! 다닥! 쿵쿵!

웃통을 벗은 땀투성이의 마강은 수련용 나무 앞에서 두 주먹과 두 발을 휘둘러 나무에 가격하면서 수련에 비지땀을 흘리고 있었다.

용비는 근처 나무 그루터기에 앉아서 마강의 수련이 끝나기를 기다렸다.

지금 마강이 수련하고 있는 권각법은 오룡십이술(五龍十二術)이라는 것이다.

천추문에는 도합 십 등급의 성명 무공이 있는데 천추십등(千秋十等)이라 한다.

참고로 천추일등에서 삼등까지는 문주를 비롯 문주 일족과 장로의 기명제자들만 연마할 수가 있다.

그리고 일대제자에서 오대제자까지 차등적으로 천추십등

을 배운다.

열 번째 십등공은 모두 삼십육 종류가 있으며, 지금 마강이 수련하고 있는 오룡십이술은 그중 하나다.

마강은 성격이 올곧고 우직하며 이해력이나 순발력이 다른 사람에 비해서 다소 떨어지는 편이다.

그래서 남들은 오룡십이술을 반년 정도 수련하면 웬만큼 손에 익지만, 그는 사 년째 수련하고 있으면서도 아직 오룡십이술의 육술(六術)까지밖에 진도가 나가지 못하고 있다.

역으로 말하자면, 진도가 늦다는 것은 초식 하나를 두고서 남들보다 몇 곱절 더 많은 수련을 했다는 뜻이다.

그는 이해력과 순발력이 떨어질지언정 동작까지 굼뜨거나 젬병은 아니다.

그러므로 남들이 하나의 초식을 천 번쯤 수련했다면 그는 십만 번쯤 수련했기 때문에 초식 하나를 놓고 봤을 때는 그의 성취도가 훨씬 더 높다고 할 수 있다.

더구나 마강은 키가 용비보다 반 뼘쯤 더 크고 체격은 비교도 안 될 정도로 건장하다.

옷을 벗으니 구릿빛으로 그을린 상체의 바윗덩이 같은 단단한 근육질 몸매가 일품이다.

그런 체구에서 뿜어지는 주먹과 발길질의 위력은 가히 폭발적이다.

설혹 공력이 실려 있지 않다고 해도 족히 천 근 무게가 실려 있다고 할 수 있다.

위이잉! 부웅! 타탁! 쿵!

마강의 길고 굵은 팔다리가 허공을 가르는 바람 소리와 주먹과 발길질이 수련용 나무를 가격하는 소리가 묵직했다.

마강은 이각쯤 수련하다가 멈추고 상의를 집어서 땀을 닦다가 뒤쪽에 앉아 있는 용비를 발견하고 반색했다.

"어? 언제 왔어, 명귀(冥鬼)?"

용비라는 이름보다는 명귀가 더 잘 알려졌다. 오죽하면 주위 사람들조차도 그의 본명은 모르고 무턱대고 명귀라고 부르기 일쑤다.

명귀는 저승에 있는 귀신으로, 이승에서 죽은 사람의 혼을 저승으로 데려가는 저승사자를 달리 부르는 이름이다.

용비의 인상이나 풍기는 분위기가 섬뜩해서 몇 년 전부터 누군가 그렇게 부르기 시작했다.

그런데 이제는 아예 그의 이름처럼 굳어버렸다. 절친한 친구인 마강조차도 아무렇지도 않게 그를 명귀라고 부르는 것을 보면 알조다.

"잘 다녀왔어?"

마강은 우락부락하고 험상궂게 생겨서 마치 범강장달이 같은데, 그 얼굴에 친근한 미소를 지으면서 다가왔다.

용비가 천목산에 휴가를 다녀온 이틀 동안 마강이 그의 일거리를 대신 해주었다.

마강은 워낙 부지런하고 일을 잘해서 용비가 가끔 신세를 지고 있는 편이다.

용비는 고개를 끄덕이고 나서 물었다.

"별일 없었어?"

"매일 똑같지, 뭐."

두 사람은 나란히 걸어서 인공 숲을 나와 숙객당 주방 쪽으로 향했다.

용비가 없는 이틀 동안 마강은 그가 있을 때보다 더 깔끔하게 일을 처리해 놓았다.

장작 열흘 분량을 미리 다 패놓았으며, 숙객당 주방 칼을 모조리 날이 시퍼렇게 갈아놔서 숙수들이 손을 베었다는 얘기가 쏟아져 나올 정도였다.

또한 망가지거나 고쳐야 할 주중잡물(廚中雜物:부엌살림)을 남김없이 번듯하게 고쳐놓았다. 마강은 그런 놈이다.

"진진(眞眞)이 아프다."

숙객당 본당 내겸인 중 한 명인 소진진(蘇眞眞)은 소도 잡아먹을 정도로 활달하고 건강한 소녀다.

그런데 용비가 몇 달에 한차례씩 휴가를 얻어 며칠 동안 어딜 다녀오기만 하면 꼭 아파서 골골거린다. 이번이 벌써 다섯 번째다.

그때 숙객당 식당에서 식사나 술자리를 파한 무사 여럿이 건들거리며 마주 다가오자 용비와 마강은 그 자리에 멈춰서 공손히 허리를 굽혔다.

숙객당은 말 그대로 숙객(宿客), 즉 천하 곳곳에서 천추문을 찾아온 손님들이 묵는 곳이다.

그들은 여러 가지 이유로 천추문을 방문해서 짧게는 며칠에서 길게는 몇 달 동안 숙객당에서 머문다. 심지어는 용비가 천추문에서 일하기 훨씬 전부터 숙객당에서 머물고 있는 장기 투숙객도 있다.

천추문은 항주의 명문대파이기 때문에 숙객들에게 매우 자비로운 편이다.

그들이 언제라도 찾아오면 군말 없이 반겨주고 얼마든지 숙객당에 머물게 했으며 떠날 때는 적으나마 여비까지 손에 쥐여주는 아량을 베풀었다.

그러므로 별별 사람들이 죄다 천추문에 찾아와서 일신을 의탁하고 숙객당에 머물고 있는 것이다.

소진진은 그 무사나 고수들이 머물고 있는 숙객당 본당의 시중을 드는 하녀다.

"이따 일 끝나면 진진에게 들를 거냐?"

마강은 용비가 소진진에게 들러주기를 바라는 표정으로

물었다. 그는 생긴 것은 산도적 같지만 마음 씀씀이는 여리고 선하기 짝이 없다.

"봐서."

용비는 건성으로 대답하고 나서 주방으로 향했다.

신시(오후 4시) 무렵. 용비가 텃밭에서 잡초를 뽑고 있을 때 천추문 삼대제자 한 명이 주방의 내겸인 한 명을 앞세워서 그를 찾아왔다.

"쟤예요."

평소 용비를 친동생처럼 아껴주는 내겸인 지연화(枝淵花)는 쭈뼛거리면서 저만치의 용비를 가리켰다.

그녀는 난데없이 삼대제자가 주방으로 불쑥 들어와서 용비를 찾자 혹시 그가 무슨 잘못이라도 저질러서 벌이라도 받는 게 아닐까 하여 크게 염려스러워서 안절부절 어쩔 줄을 몰랐다.

용비는 누가 다가오는 줄도 모르고 텃밭에서 잡초를 뽑는 일에 열중하고 있었다.

"네가 명귀냐?"

순간 용비는 반사적으로 벌떡 일어나 목소리가 들려온 곳을 향해 허리를 깊숙이 굽혔다.

"그렇습니다."

상대가 누군지 구태여 확인할 필요가 없다. 말투가 고압적이고 명령조인 것으로 미루어 천추문 제자가 분명했다. 또한, 목소리의 강약과 고저를 듣고 용비는 상대가 삼대제자일 것이라고 짐작했다.

천추문의 제자들은 몇 대냐에 따라 거드름과 위엄의 정도가 다르기 때문에 그 정도는 즉시 알 수 있다.

"고개를 들어라."

용비가 허리를 펴자 삼대제자는 그의 얼굴을 보고는 흠칫 놀라면서 자신도 모르게 뒤로 두 걸음이나 물러섰다. 너무 급히 뒷걸음치는 바람에 하마터면 넘어질 뻔했다.

그는 천추문 내에서 은밀하게 돌고 있는 용비에 대한 소문을 듣고 반신반의했으나 직접 눈앞에서 보니까 오히려 소문이 부족하다는 생각이 들었다.

'이놈, 정말 섬뜩하게 생겼군.'

삼대제자는 용비를 보면서 대놓고 오만상을 찌푸렸다. 하지만 그는 잘못 봤다. 용비는 용모가 아니라 풍기는 기운이 섬뜩한 것이다.

삼대제자는 마치 못 볼 것이라도 본 것처럼 잔뜩 눈살을 찌푸리면서 홱 몸을 돌렸다.

"따라와라."

어째서 따라오라고 하는 것인지 물을 수 없다. 물으면 치도

곤을 당한다.

천추문의 제자는 하늘같고 하인 등속은 벌레 같은 존재이기 때문이다.

더구나 삼대제자면 올려다볼 수조차 없을 정도로 까마득하게 높은 신선 같은 존재다.

한쪽 옆에 서 있던 지연화는 삼대제자 뒤를 묵묵히 따라가는 용비를 보며 너무 걱정스러워서 당장에라도 울 것 같은 표정을 지었다.

"귀야……."

세상에서 자기만큼 용비를 아끼는 사람이 없을 것이라고 자신하는 그녀조차도 그를 귀야, 즉 명귀라고 불렀다.

삼대제자는 둘레가 칠 리에 달하는 거대한 규모의 천추문 서경(西境)으로 용비를 데리고 갔다.

천추문은 크게 일곱 구역으로 나뉜다. 그것을 천추칠경(千秋七境)이라고 부른다.

중(重), 동서남북(東西南北), 별(別), 속(俗)이 그것이다.

무거울 중 자인 중경(重境)은 천추문의 정중앙에 위치해 있으며 문주 일족이 거주하고 있다.

또한 천추문 내에서 유일하게 담이 둘러쳐져 있으며 아무나 출입할 수 없는 곳이 바로 중경이다.

그리고 동경(東境)에는 일대제자가 거주하고, 서경에는 이대제자, 남경(南境)은 삼대제자, 북경(北境)에는 사대와 오대제자들이 함께 기거하고 있다. 그러므로 동경이 규모가 가장 작고 북경이 가장 크다.

별경에는 문주 일족만이 사용할 수 있는 별채와 후원이 여럿 있으며, 달리 서고와 의원, 무기고 등이 있다.

그리고 속경(俗境)은 어느 곳 한곳에 붙박여 있지 않고 천추문 곳곳에 흩어져 있다.

왜냐하면 속경이란 천추문의 숙수들과 집사나 하인 등속이 일을 하며 기거하는 곳이기 때문이다.

그런데 삼대제자 진화곤(晉化坤)이 용비를 데려간 곳은 이대제자들의 거처인 서경 내에서도 후미진 곳에 위치한 창고로 사용되고 있는 건물 안이었다.

창고 안에는 여러 종류 물건이 잔뜩 쌓여 있는데 높은 곳에 조그만 창문만 있어서 어두컴컴했다.

"염(廉) 사형, 어디 계십니까?"

창고 안쪽에 멈춰 선 진화곤이 두리번거리면서 누군가를 불렀다.

"조용히 해라. 이쪽이다."

넓은 창고 안쪽 구석진 곳에서 나직한 목소리가 들리자 진화곤은 쌓여 있는 물건 사이를 구불구불 돌아서 그곳으로 찾아갔다.

　나무 상자들이 켜켜이 쌓여 있는 곳에 좁은 통로가 있고 그
곳으로 들어가서 왼쪽으로 구부러져서야 그곳 나무 상자에
굳은 표정으로 앉아 있는 이대제자 염상웅(廉尙雄)의 모습이
나타났다.

　"인사드려라."

　이십대 중반의 진화곤은 한옆으로 비켜서며 용비에게 고
압적으로 명령했다.

　용비가 허리를 굽히려고 하는데 염상웅이 귀찮다는 듯 손
을 휘저었다.

　"됐다."

　그는 진화곤에게 턱짓을 해 보였다.

　"화곤 너는 밖을 지켜라. 누가 오면 즉시 신호를 보내는 것
을 잊지 마라."

　진화곤은 염상웅이 무엇 때문에 명귀를 은밀하게 불렀는
지 이유를 짐작하고 있다.

　천추문의 제자들 사이에서는 은밀하게 명귀를 만나는 것
이 공공연한 비밀로 되어 있다.

　그리고 제자들이 마주 보는 것조차도 음산한 명귀를 만나
려고 하는 이유는 오직 한 가지뿐이다.

　염상웅은 멀리서 창고의 문이 닫히는 소리가 나자 그제야

용비를 쳐다보며 굳은 표정을 지었다.

"소문이 사실이냐?"

염상웅은 자신이 명귀 따위를 은밀하게 만나고 있다는 사실이 못마땅해 죽겠다는 표정이다.

용비는 고개를 조아렸다.

"무슨 소문 말씀이신지……."

"감히 나하고 말장난을 하려는 게냐?"

용비는 염상웅이 무엇 때문에 자기를 불렀는지 짐작은 하지만 그것이 정답이 아닐 수도 있다.

그래서 분명히 하려는 의도일 뿐 염상웅과 말장난을 할 생각은 추호도 없다.

"소인에게 무엇을 원하시는지 정확하게 말씀해 주십시오."

용비는 조금도 건방지지 않은 자세와 목소리로 공손하게 말했다. 그러면서도 어느 정도 완고한 의미가 내포되었다.

염상웅은 자기 입으로 원하는 것을 말해야 한다는 사실 때문에 몹시 기분이 나빠져서 얼굴을 찌푸렸다.

염상웅은 자존심이 상하고 짜증이 나서 빨리 이 상황을 벗어나고 싶었다.

그래서 만약 명귀가 소문하고 다르다면 그에 상응하는 대가를 치르게 하겠다는 생각을 했다.

"너는 어떤 초식의 구결이라도 해독이 가능하다던데 그게 사실이냐?"

"지금까지는 그렇습니다."

"그동안 네가 해독한 것 중에서 가장 수준이 높은 초식이 무엇이었느냐?"

"그것은 말씀드릴 수 없습니다."

"뭐라?"

염상웅은 발끈했다. 천추문의 이대제자면 항주, 아니, 절강 무림 내에서 나는 새도 떨어뜨린다는 신분이다. 그런데 눈앞의 외겸인 따위가 자기를 능멸하고 있는 것이다.

"나리께선 소인이 오늘 있었던 일을 나중에 다른 사람에게 말하기를 원하십니까?"

"어?"

삼십대 초반의 각진 턱을 지닌 염상웅은 바늘에 옆구리를 찔린 표정을 지었다.

용비가 왜 말할 수 없다고 하는지 이유를 깨달았기 때문이다. 그런 이유라면 괜찮다.

또한 이렇게 입이 무거운 놈이라면 한 번 믿어봐도 될 것 같았다.

슥―

염상웅은 품속에서 얄팍한 한 권의 책자를 꺼내 용비에게 내밀었다.

"할 수 있는지 훑어봐라."

책자 겉표지에는 '낙영팔검보(落影八劍譜)'라고 세로로 멋들어지게 적혀 있었다.

용비는 낙영팔검보가 천추문 성명 무공 천추십등 중에서 오등공(五等功)에 해당하고, 그중에서도 최고 수준의 검법이라는 것을 알고 있다.

하지만 용비는 이미 예전에 낙영팔검보를 한 번도 아니고 두 차례나 다루어본 적이 있다.

그 말은 다른 이대제자 두 명에게 낙영팔검보를 해독해 준 적이 있다는 뜻이다.

그 이대제자들은 그 덕분에 낙영팔검을 완벽하게 연마해서 승급하여 현재는 일대제자가 되어 있다.

하지만 그 사실은 용비와 당사자들밖에 모른다. 용비가 아무에게도 말하지 않았기 때문이다.

오등공에는 도합 십팔 무공이 있으며 이대제자는 오등공을 팔성 이상 익혀야지만 일대제자가 될 자격이 주어진다.

아마도 염상웅은 오등공 최고 수준인 낙영팔검보를 해독하지 못해서 검법 연마를 하지 못하고 있는 것 같았다.

이대제자들을 가르치는 사람은 일대제자다. 물론 초식의 구결에 대해서 자세하게 설명을 해준다.

그러나 워낙 난해하고 많은 분량이기 때문에 딱 열 번 설명해 주는 것으로는 좀처럼 구결을 이해하고 외우는 것이 쉽지가 않다.

그래서 낙영팔검 하나만 갖고서 무려 십 년 이상 씨름을 하고 있는 이대제자들도 허다한 실정이다.

사실 용비는 방금 염상웅이 건네준 낙영팔검보를 토씨 하나 틀리지 않고 달달 외우고 있다. 예전에 두 번의 해독을 하면서 외워진 것이다.

외우고 싶어서가 아니라 해독을 하다 보니까 저절로 암기가 돼버렸다.

하늘은 그에게 비천한 신분을 주는 대신 타의 추종을 불허하는 독보적인 뛰어난 두뇌를 주었다.

그러나 그에겐 낙영팔검보의 구결 같은 것은 하등 필요하지 않은 내용이다.

그가 필요한 것은 돈이지 무공 초식의 구결 따위가 아니다. 무공 초식 구결로 먹고살 수는 없다. 먹고살려면 돈이 필요하다.

용비는 염상웅의 비위를 건드리지 않으려고 책자를 펼쳐서 넘기며 처음 보는 내용인 것처럼 읽는 시늉을 했다.

염상웅은 팔짱을 낀 채 미간을 잔뜩 모으고 용비를 쏘아보고 있었다.

나도 이해하지 못하는 것을 어떻게 네깟 놈이 해독하겠느냐. 아마도 이놈이 무공 초식 구결을 잘 해독한다는 소문은 오대제자나 잘해봐야 사대제자들이 익히는 무공 수준일 것이라고 생각하는 표정이었다.

그리고 만약 용비가 못하겠다고 손을 내저으면 그를 몰래 부른 자신의 자존심을 살리기 위해서라도 죽지 않을 만큼 치도곤을 내줘야겠다고 생각하고 있었다. 그러나 그 생각은 곧 씻은 듯이 사라져 버렸다.

"할 수 있을 것 같습니다."

용비가 조심스럽게 그렇게 말했기 때문이다.

염상웅은 눈을 커다랗게 떴다.

"할… 수 있다고? 낙영팔검을 말이냐?"

"네."

염상웅은 용비가 한 말의 진위를 가리려는 듯 그를 무섭게 쏘아보았다.

하지만 곧 부질없다는 것을 깨닫고 그만두었다. 용비가 초식 구결을 해독할 수 있을지의 여부는 오래지 않아서 드러날 것이다.

그러므로 용비가 바보가 아닌 이상 곧 드러날 거짓말을 하지는 않을 것이다.

"음!"

염상웅은 자기가 몇 년 동안 끌어안고 씨름을 했어도 전반부는커녕 전반부의 전전반부조차 이해하지 못한 낙영팔검의 초식 구결을 용비가 할 수 있을 것 같다고 자신있게 말하자 묘한 심정이 됐다.

다행이라는 생각이 절반이지만, 자존심이 상한 것이 절반인 것이다.

그러나 그는 자존심을 접기로 했다. 용비, 아니, 천추문의 초식 구결을 해독하는 데 귀신이라는 명귀를 부른 이유가 자존심이나 내세우려는 것은 아니기 때문이다.

"얼마나 걸리겠느냐? 오래 걸리지 않았으면 좋겠다."

그는 용비를 조금 달리 보면서 누그러진 표정으로 말했다.

"올해 승급 심사에서는 반드시 통과해야만 한다."

그는 자존심을 꺾다 못해 조금 저자세로 나가며 우는소리까지 서슴지 않았다.

사람이란 상대가 자기보다 강하거나 똑똑하다는 사실을 인정하게 되면 스스로를 낮추는 습성이 있다.

용비는 시기를 잘 조절해야 한다고 생각했다. 이미 훤하게 알고 있는 낙영팔검이지만 너무 빨리 해독하거나 너무 늦으면 자신의 입장이 곤란해질 수 있기 때문이다. 그래서 그는 생각 끝에 조심스럽게 말했다.

"사흘 정도면……."

"사흘이라고 했느냐?"

염상웅이 버럭 소리를 질렀다. 그는 최소한 몇 달은 걸릴 것이라 생각하고 있었던 것이다.

그런데 용비는 그가 소리를 지르자 너무 오래 걸린다는 질책으로 알아듣고 급히 말을 고쳤다.

"그럼 이틀 정도면……."

"이틀!"

염상웅이 또다시 버럭 외치자 용비는 입을 다물고 가만히 있었다.

지금 상황에서 시일을 더 이상 줄이는 것은 위험하다고 본능적으로 감지했다.

염상웅은 어이없다는 듯 용비를 쳐다보았다.

"정말 이틀이면 해독할 수 있느냐?"

"그렇습니다."

염상웅은 한참 동안 용비를 쏘아보다가 묵직한 신음을 흘리며 말문을 열었다.

"음! 좋다. 그럼 이틀 후부터 시작하자."

용비가 해독한 낙영팔검보 초식 구결을 이틀 후부터 자기에게 알아듣기 쉽게 설명해 달라는 뜻이다. 즉, 일대일 개인교습이다.

그러나 그런 방식은 비단 염상웅만이 아니었다. 지금까지 용비가 맡은 무공 초식 구결 해독하는 일은 상대가 완전히 이해할 때까지 설명을 해줘야지만 끝나는 것이다.

염상웅이 일어섰다. 용비는 일어서 있는데 자기 혼자 앉아 있는 것이 좀 어색하게 느껴진 것이다.

조금 전 같으면 있을 수 없는 일이다. 하지만 지금 그는 용비에게 어느 정도 압도당한 상태다.

이제 마지막 문제가 남았다. 초식 구결을 해독하고 설명해 주는 대가, 즉 해독비를 정해야 한다.

"얼마나 주면 되느냐?"

염상웅의 물음에 용비는 고개를 조아렸다.

"주시는 대로 받겠습니다."

예상하지 않았던 대답에 염상웅은 어이없는 표정을 지었다.

"뭐라? 한 냥을 주면 한 냥만 받겠다는 것이냐?"

"그렇습니다."

"으하하하! 이놈 배포가 보통이 아니구나! 마음에 들었다!"

염상웅은 자기가 창고에 숨어서 소곤거려야 할 처지라는 것도 잊고 크게 웃었다.

이렇게라도 웃어서 호인인 체하지 않으면 너무 비참해서 속이 문드러져 버릴 것만 같았다.

용비는 천추문의 제자 수십 명에게 초식 구결을 해독해 주었으나 해독비를 얼마라고 자기가 정한 적이 없었다.

그것도 일종의 요령이다. 얼마를 달라고 정하면 상대가 기분이 나쁠 수도 있기 때문이다.

하지만 알아서 달라고 하면 언제나 용비가 예상했던 것보다 더 많은 해독비를 챙길 수 있다.

염상웅은 미소 지으며 고개를 끄덕였다.

"알았다. 제대로 해독해 주면 은자 천 냥을 주마."

용비는 깜짝 놀랐으나 얼굴에는 아무 표정도 떠오르지 않았다. 그저 여느 때나 다름없이 음산함과 오싹함만 어른거리고 있을 뿐이다.

용비는 지금까지 해독비로 최고액을 받은 것이 은자 삼백 냥이다.

그 정도만 해도 엄청난 액수다. 그가 숙객당 주방 외겸인 노릇을 해서 한 달에 받는 녹봉이 구리 돈 삼십 냥이다. 은자 한 냥이 구리 돈 오십 냥이니까 그의 녹봉은 은자 한 냥에도 미치지 못하는 것이다.

해독비로 거금 은자 천 냥을 선뜻 내놓는 것을 보면 염상웅은 똥줄이 타긴 탄 모양이다.

하긴, 천추문의 제자들은 명문대가나 고관대작의 자제들이 대부분이다.

어떤 면에서 보면 염상웅으로서는 난해하기 짝이 없는 무공 초식을 해독해 주는 비용으로 은자 천 냥은 무척 싸다고도 할 수 있다.

염상웅은 용비가 아무 말이 없자 자기가 안달이 났다.

"적으냐? 그럼 이천 냥을 주겠다."

"아닙니다."

"아니라고? 그럼 천 냥이면 된다는 뜻이냐?"

"그렇습니다."

"허어, 이상한 놈이로군. 더 준다고 해도 마다하다니."

염상웅은 턱을 쓰다듬으며 고개를 모로 꼬았다.

은자 천 냥이면 엄청난 액수다. 그걸 다 받아도 될까 고민해야 할 정도다. 그런 판국에 염상웅은 은자 이천 냥을 주겠다고 한다.

언제나 화를 부르는 것은 욕심이다. 용비가 이 짓을 좀 더 오래 해먹으려면 뒤탈이 없어야 한다.

혹시 염상웅이 나중에라도 해독비를 너무 많이 줬다는 생각이 들면 곤란해진다.

第三章 명귀(冥鬼)

萬能書生

밤. 천추문 문주 일족이 거주하는 중경의 어느 아름다운 정원에 일남 일녀가 나란히 거닐고 있었다.

정원의 곳곳에는 석등에 불이 켜져서 주변을 은은하게 밝히고 있으며 온갖 꽃이 만발해서 마치 이곳이 선경(仙境)인 듯했다.

"어째서 이름도 물어보지 않았느냐?"

나란히 거닐면서 남자가 책망하듯 말했다.

"물어볼 겨를이 없었어요. 소녀는 그의 얼굴을 얼핏 보고는 혼절해 버렸으니까요."

처연하게 대답하는 여자는 천목산에서 용비가 구해주었던 소녀 한정이다.

"정아 네 말을 들으니 그 소년은 천하에 다시없을 의인이로구나."

뒷짐을 지고 천천히 걸으면서 말하는 남자는 한정의 네 살 터울 오빠인 한무군(翰武君)이다.

훤칠한 키에 수려한 외모를 지녔으며, 비단 청의 유삼을 입은 모습이 매우 탈속하고 단아했다.

"오라버니, 소녀는 무슨 일이 있어도 그 사람을 꼭 찾아내고 싶어요. 도와주세요."

"물론이다. 반드시 찾아야지. 그 소년의 나이가 네 또래라고 해도 나는 그를 찾아서 흉금을 토로하는 진정한 벗이 되고 싶구나. 그런 사람을 친구로 삼을 수 있다는 것은 일생의 홍복이다."

한정은 장미 꽃잎처럼 붉은 입술을 꼭 깨물고 나서 하얀 손으로 주먹을 쥐었다.

"소녀는 설혹 평생이 걸리더라도 기필코 그 사람을 찾고야 말겠어요."

한무군은 누이동생의 마음을 충분히 이해한다는 듯 고개를 끄덕였다.

"네 생명의 은인인데 당연히 그래야지. 더구나 너를 치료해 주고 나서 각전 열 냥과 환약을 놔두고 말없이 사라졌다니, 그 말을 듣고서 나는 너무 감동을 받아서 눈시울이 뜨거웠단다."

한정은 부모와 오빠 한무군에게는 자신이 천목산에서 괴한들에게 습격을 당하여 목숨이 위태로운 상황에 처했는데, 한 남루한 소년이 구해주었다고만 말했다.

차마 자기가 강간을 당할 뻔했으며 알몸이었다는 얘기는 할 수가 없었다.

또한 상처가 옆구리와 둔부 두 군데였지만 옆구리에만 상처를 입었다고 말했다.

남루한 소년이 자신의 둔부를 치료했다는 사실을 말하게 되면, 그 과정에서 소년이 그녀의 은밀한 부위를 자세히 볼 수밖에 없었다는 상상을 불러일으켜서 괜한 오해를 사는 것이 싫었기 때문이다.

그래서 그 일은 자기와 그 소년만 아는 비밀로 영원히 묻어두고 싶었다.

"천목산에서 너를 습격했던 자들은 흑월방(黑月幇) 고수들이었던 것으로 밝혀졌다."

잠시 침묵이 흐른 후에 한무군이 생각난 듯 말했다.

"흑월방이 소녀를 왜 죽이려는 건가요?"

안휘성 남쪽 지역에서 제법 큰 세력과 명성을 떨치고 있는 흑월방은 정파도 사파도 아닌 정사간(正邪間)의 방파다.

그러나 한정이 아는 바로는 천추문과 흑월방은 아무런 은원 관계가 없다.

어떤 방면에서든 두 세력이 겹쳐지거나 충돌할 일은 지금까지 한차례도 없었던 것이다.

"아버님께서 흑월방주에게 정식으로 항의를 하고 해명을 요구했으니 조만간 흑월방에서 어떤 대답이 올 것이다."

"네."

한정은 나직이 대답했다. 그러면서 그녀는 흑월방에 대한 일은 순식간에 잊어버렸다.

대신 자신을 구해준 남루한 소년에 대한 생각으로 머릿속이 가득 차버렸다.

천목산에서의 그날 이후 닷새가 흘렀지만, 그 닷새 동안 소년에 대한 생각은 한순간도 그녀의 머리를 떠나지 않았다. 그때부터 소년은 한정이 살아가는 목표가 돼버렸다.

그때 한무군이 걸음을 멈추고 그녀의 왼쪽 옆구리를 쳐다보며 염려스러운 듯 물었다.

"그런데 상처는 괜찮으냐?"

"네. 조금 결리지만 괜찮아요."

한정은 상체를 쭉 펴며 두 팔을 이리저리 흔들어 보였다.

한무군은 다시 감탄했다.

"그 소년의 의술은 정말 탁월하군. 본 문의 여러 의원조차
도 너의 상처를 보고는 감탄하더구나."

한정은 자기가 칭찬을 받은 것처럼 우쭐했다.

"그 사람의 의술은 그냥 탁월한 정도가 아니에요."

"그 소년이 너에게 남겨주고 간 녹색 환약 한 알 때문에 본
문 의원들 간에 의견이 분분하다."

한정은 의원들의 요구로 소년이 남겨주고 간 녹색 환약 십
여 개 중에서 한 알을 제공했었다.

"그 녹색 환약은 매우 뛰어난 효능이 있는데도 본 문의 의
원들은 그것의 성분이 무엇인지 아직도 밝혀내지 못하고 있
는 것 같더라."

"그럴 거예요."

한정은 의기양양해진 만큼 그 소년을 다시 만나고 싶다는
생각이 간절해져서 곧 우울한 표정을 지었다.

*　　　　　*　　　　　*

천추문 일대제자 수진랑(秀珍琅)은 지난 사흘 동안 한 사람
을 줄곧 지켜보는 중이다.

자신의 거처인 동경으로 자러 가는 시간 외에는 하루 종일
그 사람을 따라다니면서 지켜보았다.

그녀가 한시도 눈을 떼지 않으면서 지켜보는 상대는 명귀라는 소년이다.

사흘이 지난 오늘 신시(申時:저녁 7시) 무렵에 명귀는 이대제자 거처인 서경의 어느 창고 안에 있었다.

수진랑이 지켜본 바에 의하면 명귀는 하루 일과가 끝나는 유시(酉時:저녁 6시) 이후에 곧장 이곳으로 와서 창고 안에서 은밀하게 누구와 만났다.

그녀가 명귀를 지켜보기 시작한 사흘 전부터 계속되고 있는 상황이다.

그녀는 명귀가 창고 안에서 은밀하게 만나고 있는 사람이 이대제자 염상웅이며, 두 사람이 무엇을 하고 있는지 자세히 알고 있다.

두 사람이 마주 앉아 있는 창고 안 구석진 곳 바깥쪽에 벽 하나를 사이에 두고 아무런 기척도 내지 않은 채 서 있는 그녀가 두 사람의 대화를 하나도 빼놓지 않고 다 들었기 때문이다.

명귀는 지난 사흘 동안 창고 안에서 염상웅에게 낙영팔검보의 초식 구결에 대해서 자세히 설명해 주고 있었다. 가르치는 사람도 배우는 사람도 둘 다 열성적이었다.

일대제자인 수진랑은 작년에 낙영팔검을 비롯한 천추오등의 십팔 무공을 팔성 이상 터득하여 승급 심사에 합격, 일대제자가 됐다.

그녀는 자신이 연마해 봤기 때문에 낙영팔검이 얼마나 난해하고 어려운지 너무나 잘 알고 있다.

더구나 명귀가 염상웅에게 해독해 주고 있는 낙영팔검의 초식 구결은 흠잡을 데 없이 완벽했다.

그걸 들으면서 수진랑은 자신이 미처 해독하지 못했던 최고로 난해한 부분 몇 군데를 깨우치게 되었다. 명귀의 해독은 그 정도였다.

만약 수진랑이 작년에 명귀의 해독을 들었다면 승급 심사에서 낙영팔검에 대해서 만점을 받았을 것이 분명하다.

명귀는 정확하게 두 시진 동안 개인 교습을 해준 후에 천추문 후문 옆 쪽문을 통해서 퇴근을 했다.

하지만 그는 집으로 곧장 가지 않고 사흘 내내 어딘가에 들렀다.

그가 그곳에서 누굴 만나고 또 무슨 일을 하는지도 수진랑은 알게 되었다.

용비는 오늘도 어김없이 해시에 염상웅과의 일대일 개인 교습을 끝내고 천추문 후문 옆 쪽문으로 나와 어딘가로 가고 있는 중이다.

이 년 전까지만 해도 용비는 천추문 숙객당 외겸인들의 숙소에서 마강하고 같은 방을 쓰면서 생활했다.

그는 열두 살 때까지 어머니와 함께 살다가 아는 사람의 주선으로 천추문에 들어오게 되었다.

그렇지만 처음부터 외겸인이었던 것은 아니다. 외겸인 일은 열두 살 어린 사내아이가 하기에는 너무 힘에 부친다.

처음에 그는 문주 일족이 거주하는 중경 내당에서 아녀자들의 잔심부름 따위를 했다.

물론 녹봉은 한 푼도 받지 못했으며 단지 숙식만 해결하는 정도였다.

그가 어린 나이에도 불구하고 천추문에 들어온 이유는 기루에서 허드렛일을 하면서 힘겹게 몇 푼 버는 어머니의 수고를 덜어주기 위해서였다.

자기 입 하나 덜면 어머니의 고생이 그만큼 줄어들 것이라고 생각했던 것이다.

어머니는 예전에 그래도 항주에서는 손꼽힐 정도로 잘나가는 기녀였었다.

그런데 그녀가 이십오 세 때 용비를 덜컥 임신한 후로는 기녀 생활을 그만두게 되었다.

아니, 점점 배가 불러왔기 때문에 기녀에서 쫓겨나 그 기루에서 허드렛일을 하게 된 것이다. 복대로 아무리 배를 졸라매도 불러오는 배를 감출 수는 없었다.

임신은 그녀 일생일대의 실수였다. 그것 때문에 그녀는 기녀로서 한창 잘나가던 시기에 기루에서 쫓겨났다.

그녀는 부모가 누군지 모른다. 그녀가 기억하는 가장 오래된 것은 다섯 살도 되기 전에 기루로 팔려 와서 그때부터 기녀가 되기 위한 온갖 교육을 받았다는 것이다.

그로부터 십 년 후인 십오 세 때 그녀는 처음으로 동기(童妓)가 되어 기방에 나갔으며, 그날 첫 손님이었던 사내에게 순결을 바쳤다.

그때부터의 생활은 순풍에 돛을 달았다. 그녀가 상대하는 손님들은 하나같이 부자에 명성과 권세가 대단한 사내들뿐이었다.

그녀가 하는 일은 그저 사내들과 어울려서 함께 술을 마시고 춤을 추거나 악기를 연주하고, 술자리가 파하면 자기를 원하는 손님과 질펀하게 육체의 향연을 벌이는 것이 전부였다.

그런 것들이 그녀는 너무나 좋았다. 돈도 내지 않고 실컷 술 마시면서 사내들과 어울려서 놀고 나면, 거나한 상태에서 멋들어진 사내들하고 흐벅진 정사를 나누는 것이 얼마나 행복한 일인가.

다른 여자들은 혼인을 해서 죽을 때까지 한 남자만 바라보고 사는 것이 숙명인데, 그녀는 매일 다른 사내들하고 정사를 했다. 그래서 그것을 행복이고 축복이라고 생각했다.

그녀는 술 마시는 것도 좋아하지만 무엇보다 좋아하는 것은 정사였다.

온몸이 녹아버리고 까무러칠 정도의 그 쾌감을 매일같이 맛본다는 사실이 그녀를 더없이 행복하게 만들었다.

사내를 다루는 솜씨는 하루가 다르게 발전했고, 그에 따라서 그녀의 명성은 항주를 들었다 놨다 했다.

돈을 모을 필요가 없었고, 왜 모아야 하는지, 어떻게 모으는지도 몰랐다.

모든 것은 기루에서 다 해주었고, 그녀의 단골손님들이 온갖 진귀하고 값비싼 선물들을 해줘서 그녀의 넓고 화려한 방은 언제나 비좁았다.

그런데 그 화려하고 꿈결 같은 생활이 임신으로 종말을 고해 버렸다.

그녀는 원하지 않은 임신으로 얻게 된 뱃속의 아기를 지우려고, 즉 낙태를 하려고 별별 방법을 다 써봤다.

낙태에 사용되는 독약에 가까운 지독한 약을 복용하기도 했고, 높은 곳에서 뛰어내리는 것은 물론이고, 다른 사람에게 시켜서 자기 배를 걷어차거나 심하게 때리도록 해보기도 했다.

그러나 뱃속의 아기는 꿈쩍도 하지 않았다. 그리고 열 달이 돼서 그녀는 자기가 허드렛일을 하는 기루 주방의 골방에서

건강한 사내아이를 다섯 시진의 난산 끝에 낳았다. 그 아이가
바로 용비다.

"너에게 할 말이 있다."

천추문을 벗어나 항주성 외곽을 향해 바삐 걸어가고 있는
용비 앞쪽 어둠 속에서 느닷없이 조용한 여자의 목소리가 들
려왔다.

용비는 흠칫해서 걸음을 멈추며 반사적으로 오른손을 품
속에 넣어 두 개의 못을 잡았다.

그의 품속에는 하나의 주머니가 있고, 그 안에 약 삼십여
개의 못이 들어 있다.

하지만 용비는 못을 잔뜩 움켜쥐고만 있을 뿐 던지지는 않
았다. 앞쪽에는 캄캄한 어둠이어서 사람의 모습이 보이지 않
았기 때문이다.

용비는 오른손의 못을 손가락 사이에 끼워서 던질 태세를
갖추며 뚫어지게 전방을 주시했다.

슥—

그런데 일 장 반쯤 전방 왼쪽의 담에서 검은 인영 하나가
천천히 걸어나왔다.

그것은 마치 그 사람이 담 속에서 걸어나오는 것 같은 광경
이었다. 일 장 반이면 대여섯 걸음밖에 안 되는 가까운 거리
인데, 그렇게 가까이에 있는 사람을 용비는 전혀 알아채지 못

했던 것이다.

용비는 바짝 긴장했다. 하지만 역시 이런 상황에서도 놀라지는 않았다.

쉬잇!

순간 용비는 오른손을 힘껏 휘둘러 두 개의 못을 검은 인영을 향해 날렸다.

그는 항주 성내에서 모종의 일을 하고 있다. 그래서 원하지 않는 적들이 더러 있다. 때로는 그자들에게 습격을 당하기도 했다.

그래서 지금 앞을 가로막은 자도 그런 부류일 것이라고 판단한 것이다.

검은 인영은 용비를 향해 몸을 돌리고 있었고, 두 개의 못은 그자의 얼굴과 심장 부위를 향해 쏘아갔다.

용비는 틈만 나면 집에서나 가까운 산속에 들어가서 못을 던지고 돌팔매질을 하는 연습을 해왔다.

그것은 최소한의 자기 방어를 위해서다. 못과 돌멩이는 어디서나 쉽게 구할 수 있으며, 지금까지 그 연습 덕분에 그는 몇 차례나 위기에서 벗어날 수 있었다.

일 장 반이면 매우 가까운 거리다. 그래서 용비는 상대가 결코 피할 수 없을 것이라고 확신했다.

그런데 검은 인영은 피할 생각을 하지 않고 재빨리 두 손을 내밀었다.

파팍!

다음 순간 두 개의 못은 검은 인영의 두 손 손가락 사이에 끼워졌다. 찰나지간에 벌어진 일이다.

검은 인영, 즉 수진랑은 내심 가볍게 놀랐다. 명귀가 던지는 것이 암기일 것이라 판단하고 반사적으로 잡으려고 손을 내밀었는데 하마터면 놓칠 뻔한 것이다.

만약 잡지 못했다면 그녀의 얼굴과 심장에 못이 꽂혔을 것이다. 그랬으면 중상을 입거나 운이 나쁠 경우에 죽을 수도 있었다.

그녀는 방심을 했다. 명귀를 사흘 동안 감시했으나 그가 암기를 사용하는 것은 한 번도 본 적이 없어서 무술은 전혀 하지 못한다고 판단했기 때문이다.

그리고 거리가 너무 가까웠으며 못이 날아오는 속도가 예상 밖으로 빨랐다.

용비는 용비대로 충격을 받았다. 이처럼 가까운 거리라면 상대가 피하지 못할 것이라고 확신했는데, 상대는 피하기는 커녕 너무 간단하게 손으로 잡아버린 것이다.

지금까지 이런 경우는 한 번도 없었다. 얼마 전에 천목산에서 취의소녀를 강간하려고 했던 괴한들도 못을 손으로 잡으려고 들지는 못했다.

그래서 용비는 상대가 자신과 알력이 있는 항주 성내의 패거리는 아닐 것이라는 생각이 들었다.

그런데 그가 조금 더 충격을 받는 일이 그 직후에 일어났다. 검은 인영이 천천히 그에게 다가와 두 걸음 앞에 멈추며 모습을 드러냈기 때문이다.

'수진랑!'

그 사람은, 아니, 그녀는 여자에게는 잘 어울리지 않는 갈색 경장을 입고 오른쪽 어깨에는 한 자루 장검을 메고 있는 십팔구 세 정도의 소녀였다.

갸름하고 뽀얀 살결을 지녔으며 작고 붉은 입술에 뾰족한 콧날과 크고 서글서글한 눈을 지닌 보기 드물게 아름다운 미모의 소유자다.

하지만 그녀의 아름다움은 뒷전에 감추어져 있었다. 그보다 더 눈에 띄는 것이 있었다.

용비의 준수한 용모가 음산함과 섬뜩함에 가려져 있듯이, 그녀에게서 가장 처음 느껴지는 것은 마치 잘 벼려진 한 자루 검 같다는 것이다. 그 예리한 칼날 뒤에 그녀의 아름다움이 숨어 있었다.

용비는 눈앞의 갈의소녀를 알고 있다. 자주 본 적은 없지만 한 번 보면 절대로 잊히지 않는 모습이다. 칼날 뒤에 숨어 있는 소녀는 결코 흔하지 않다. 더구나 그녀는 천추문 내에서 입지전적인 인물로 손꼽힌다.

천추문 일대제자는 고작 십칠 명뿐이며, 그중에 여자가 단 두 명이다.

그런데 지금 용비의 눈앞에 서 있는 여자가 바로 그 두 여자 중 한 명인 수진랑이었던 것이다.

용비는 천추문의 제자 각자에 대해서는 자세히 알지 못하고 그럴 필요도 없었다.

그러나 수진랑은 천추문에 입문한 지 불과 삼 년 만에 일대제자에 오른 전설적인 여자이기 때문에 너무 유명해서 용비로서도 자연스럽게 알게 되었다.

그런데 그 유명한 수진랑이 무엇 때문에 한밤중에 자신의 앞을 가로막는 것인지 용비로선 짐작조차 할 수가 없었다. 그하고 수진랑하고는 마주칠 일이 전혀 없기 때문에 더 이상한 일이다.

그때 용비는 조금 전에 수진랑이 한 말을 기억해 냈다. 그녀는 '너에게 할 말이 있다' 고 말했다.

이각 후에 두 사람은 항주의 명소인 서호(西湖) 변에 도착했다.

수진랑이 가타부타 용비에게 '따라오라' 고 말하고는 앞장서서 온 곳이 이곳이다.

그녀를 뒤따라오는 동안 용비는 그녀의 목적이 무엇인지 곰곰이 생각해 봤으니 해답을 얻지 못했다.

천추문 제자들이 용비, 아니, 명귀를 찾는 목적은 오로지한 가지, 무공 초식 구결에 대한 해독을 원하기 때문이다.

하지만 수진랑은 이미 더 이상 오를 데가 없는 일대제자다. 그러므로 용비에게 무공 초식 구결의 해독을 원하지는 않을 것이라고 생각했다.

서호 변 울창한 갈대숲 앞에 잠시 멈춰 선 수진랑은 주위를 두리번거렸다.

가깝게는 십여 장, 멀게는 이삼십 장 떨어진 곳에 사람들의 모습이 어른거렸다.

달조차도 없는 지독한 어둠 때문에 용비의 눈에는 그 사람들 모습이 조금도 보이지 않지만 수진랑은 손에 잡힐 듯이 잘 보였다.

호수변에 있는 사람들은 한결같이 쌍쌍이었다. 즉, 남녀가 다정하게 붙어서 거닐거나 나란히 앉아서 사랑을 속삭이고 있었다.

뿐만 아니라 우거진 갈대숲 속 곳곳에서 남녀가 정사를 나누는 소리가 시끄러운 벌레 소리에 섞여서 귀가 따가울 정도로 많이 들려왔다.

용비는 그 소리마저도 듣지 못하지만, 공력이 높은 수진랑의 귀에는 마치 눈앞에서 보는 것처럼 생생하게 들렸다.

서호 변, 특히 남서쪽 호숫가는 갈대숲이 우거져 있어서 사랑을 속삭이려는 남녀들이 즐겨 찾는 장소다.

그들은 대부분 연인 사이거나 혹은 불륜을 저지르고 있는 남녀들이다.

가난한 연인들은 돈이 드는 주루나 객잔보다는 호젓한 이곳을 더 선호하는 편이다.

그리고 불륜을 저지르는 남녀는 사람의 눈을 피해서 이런 곳에서 뜨거운 불장난을 즐기고 있는 것이다.

그런 한여름 밤 항주 남녀들의 사정에 대해서 잘 모르는 수진랑은 한적한 장소로 이곳을 선택한 것을 내심 후회하기 시작했다.

더구나 그녀는 어쩌면 잠시 후에 자신이 명귀에게 하게 될지도 모르는 말 때문에 주위에서 들려오는 뜨거운 숨소리들이 더욱 귀에 거슬렸고 가슴에 꽂혔다.

용비는 조심스럽게 수진랑을 쳐다보다가 그녀가 머뭇거리고 있는 것을 보고 이상하다는 생각이 들었다.

그를 이런 호젓한 곳으로 데려온 이유가 무엇이고 어째서 머뭇거리고 있는지 알 길이 없었다.

그가 알고 있는 수진랑은 무엇 하나 부러울 것 없는 최고의 신분이다.

그렇기 때문에 그녀는 용비, 아니, 천추문의 모든 사람이 가까이하기를 꺼리는 저승사자 분위기의 명귀에겐 하등 볼일이 없을 것이다.

그런데 수진랑은 갈대숲을 헤치면서 조금 더 안쪽으로 깊숙이 들어가기 시작했다.

그걸 보고 용비는 어떻게 해야 하는지 갈피를 잡지 못하고 망설였다.

이곳 서호 변만 해도 으슥한 곳인데 수진랑은 더 으슥한 곳으로 들어가고 있는 것이다. 그녀가 아무 말 하지 않는다고 해도 따라오라는 뜻인데, 가야 할지 말아야 할지 용비는 도무지 대책이 서지 않았다.

그때 수진랑이 걸음을 멈추고 용비를 돌아보았다. 아니, 용비는 워낙 캄캄해서 그녀가 돌아보는 것 같다는 느낌만 받았을 뿐이다.

"따라와라."

용비가 우두커니 서 있자 수진랑이 중얼거리듯이 말했다. 속삭이듯이 촉촉하게 젖은 목소리라서 듣기 좋았지만 지금 용비에겐 으스스하게 들렸다.

그녀는 용비가 마지못해서 걸음을 옮기는 것을 보고는 다시 걷기 시작하여 갈대숲 안쪽으로 깊숙이 들어갔다.

호숫가에서 족히 오십 장 이상이나 깊숙이 들어와서 갈대 숲 한복판 아늑한 곳에 이르러서야 이윽고 수진랑은 걸음을 멈추었다.

"앉아라."

용비는 시키는 대로 앉았다. 그는 수진랑이 자기를 해코지 하지는 않을 것이라고 나름대로 판단했다.

용비와 그녀는 생전 처음 보는 사이나 마찬가지다. 그런 두 사람 사이에 은원관계가 있을 턱이 없다. 그러므로 용비는 그 녀가 자신을 죽이려고 하거나 해를 입히지는 않을 것이라고 여긴 것이다.

최악의 순간 만약 그녀가 용비를 죽이려고 한다면 그로서 는 고스란히 당할 수밖에 없다.

용비에겐 천추문 일대제자의 공격을 막아낼 만한 능력이 없기 때문이다.

호숫가에서 안쪽으로 오십여 장이나 들어왔으나 가뭄이 계속되고 있는 탓에 물까지는 아직도 멀었다. 더구나 바닥에 는 갈댓잎이 수북해서 매우 푹신했다.

용비는 무릎을 꿇고 앉은 상태다. 자신은 외겸인이고 그녀 는 하늘보다 더 높은 일대제자이기 때문이다.

수진랑은 용비 앞에 두 걸음 정도의 거리를 두고 책상다리 의 자세로 마주 앉았다. 그리고는 거두절미하고 단도직입적으로 불쑥 말했다.

"네가 해독해 줘야 할 무공 초식이 있다."

웬만해서는 놀라지 않는 용비지만 그 말을 듣고는 내심 조금 놀랐다.

설마 수진랑이 그런 요구를 할 줄은 예상하지 못했으나 그의 표정은 변함이 없었다.

용비는 물끄러미 수진랑을 쳐다보았다. 일대제자인데 어딜 더 오르려고 그러는 것이냐고 묻는 표정이다. 하지만 수진랑의 눈에는 용비의 모습이 그저 으스스하며 섬뜩한 분위기로만 비쳐졌다.

용비는 원래 천추문 제자들이 무공 초식 구결의 해독을 원하면 이유를 불문하고 수락한다. 그로서는 돈만 받으면 그만이기 때문이다.

하지만 이번은 경우가 좀 다르다. 또한 용비는 지금까지 일대제자의 청탁을 받은 적이 한 번도 없었다.

수진랑은 용비가 의문을 품는 것을 알아차렸다. 그녀는 뜻한 바가 있어서 십오 세에 천추문에 입문하여 각고의 노력 끝에 일대제자가 되었다.

그녀의 성격은 완고하고 냉철하며 또한 지나치게 과묵한 편이다. 그래서 천추문 내에서 친하게 지내는 동료나 선후배가 한 명도 없다.

일대제자에는 여자가 단 두 명뿐이지만 수진랑은 그녀하고도 친하지 않다.

친구를 원하지 않기 때문이다. 그녀는 독불장군이다. 그래서 뭐든지 혼자 해결한다.

또한, 그녀는 직선적이며 한 번 목표를 정하면 무슨 일이 있어도 기어코 이루고야 만다. 즉, 목적을 위해서라면 수단과 방법을 가리지 않는다는 뜻이다.

수진랑은 용비를 똑바로 주시했다.

"너는 어떤 무공 초식 구결이든지 다 해독한다고 들었다. 그게 사실이냐?"

용비도 그녀를 똑바로 마주 주시했다. 거래이기 때문에 시선을 외면해서는 안 된다. 거래라면 상대가 일대제자든 이유가 뭐든 알 필요 없다.

"현재까지는 그렇습니다."

슥─

그러자 수진랑이 품속에서 한 권의 책자를 꺼내 한 손으로 용비에게 불쑥 내밀었다.

용비는 두 손으로 공손히 받아서 겉표지의 제목부터 읽어 보았다.

천추신뢰검(千秋迅雷劍).

'이것은?'

용비는 움찔 놀랐다. 내심으로 놀랐기 때문에 어쩌면 이번 만큼은 놀라는 표정이 얼굴에 떠올랐는지 모른다.

하지만 그는 그런 것에 신경 쓰지 않았다. 지금 그가 손에 들고 있는 책자 때문이다.

일대제자는 천추십등 중에서 천추사등을 연마하는데 총 네 종류의 무공이다. 천추신뢰검은 그중에서 단연 첫손가락에 꼽히는 최고봉의 검법이다.

천추문을 대표하는 가장 유명하고 위력적인 검법은 세 종류이며, 천추삼검(千秋三劍)이라 하며 천추신뢰검은 그중 하나다.

용비는 책자의 겉표지만 보고서 고개를 들어 굳은 표정으로 수진랑을 쳐다보았다.

탁!

수진랑은 화섭자에 불을 붙이면서 가볍게 고개를 끄덕이며 눈짓으로 어서 읽어보라는 시늉을 했다.

용비는 수진랑이 비춰주는 화섭자 불빛 아래에서 천추신뢰검보를 읽기 시작했다. 꼼짝도 하지 않은 채 규칙적으로 책장만 넘겼다.

팔락팔락.

정독을 하는 것이 아니라 대충 훑어보는 것이다. 한 면을 읽는 데 대략 다섯 호흡 정도 걸렸다.

다른 사람이라면 한 줄도 채 읽지 못하는 짧은 시간이지만, 그는 한 면을 모조리 읽었으며 깡그리 외우기까지 했다. 물론 어느 정도 해독도 했다.

그는 천추문에 들어온 열두 살 때까지 글을 읽을 줄도 쓸 줄도 모르는 까막눈이었다. 가르쳐 준 사람도 없었고, 글을 배우려고 해도 돈이 없었기 때문이다.

그런데 그가 열네 살에 숙객당 외겸인이 되고 나서 우연히 알게 된 숙객 한 사람에게 글을 배우게 되었다. 아니, 글뿐만이 아니라 여러 가지를 배웠다.

그 숙객은 용비가 천추문에 들어오기 전부터 숙객당에 머물고 있었는데, 사람들은 그를 완사(完師)라고 불렀다.

용비는 완사를 마음속으로부터 스승으로 생각하고 있다.

용비가 천추신뢰검보를 읽고 있는 동안 수진랑은 묵묵히 그를 주시하고 있었다.

그녀가 보기에 용비는 책자의 내용은 읽지 않고 그저 부지런히 책장만 넘기는 것 같았다.

하지만 '명귀'라는 소문이 괜히 난 것이 아니라 여기고 그가 다 읽기를 기다렸다.

그녀는 이렇게 가까이에서 용비를 보는 것은 처음이라서

그를 자세히 살펴볼 수 있었다. 보려고 해서 보는 것이 아니라 무료하기 때문이다.

지척에서 보니까 그에게서 으스스함과 섬뜩함이 더 짙게 풍겼다. 고수인 그녀조차도 알 수 없는 두려움이 엄습할 정도다.

그러나 한동안 뚫어지게 주시하자 놀랍게도 짙은 안개처럼 드리워져 있는 자욱한 분위기 너머 그의 진면목을 발견할 수가 있었다.

그런데 뜻밖에도 수진랑은 매우 준수한 얼굴의 용비를 발견하게 되었다.

그뿐 아니라 용비의 얼굴에는 순수함마저 깃들어져 있었다. 그리고 심지어는 무엇인가를 두려워하고 있는 표정도 읽을 수 있었다.

그제야 비로소 수진랑은 천추문 명귀의 오싹한 분위기에 대한 의문을 풀었다.

뜻밖에도 명귀는 수진랑하고 같은 부류의 인간이었다. 그녀가 자신의 얼굴 앞에 예리한 칼날을 세워서 진면목을 감추고 있는 것이나, 명귀가 오싹함으로 무장하여 진면목을 감춘 것이나 다를 바가 없었다.

수진랑의 경우 진면목 앞에 칼날을 세우고 있는 이유는 무언의 경고다.

나는 무서운 사람이니까 건드리지 마라. 건들면 죽인다는 협박성 경고인 것이다.

사실 정말로 무서운 사람은 그런 경고 같은 것을 내세우지 않는다.

그 자체로 무섭기 때문이다. 또한, 놀라운 실력을 지닌 사람일수록 겉으로는 평범하게 보인다.

맹수들은 상대에게 겁을 주기 위해서 특별한 치장 같은 것을 하지 않는다.

오히려 상대를 안심시키려고 얌전하게 있다가 불시에 공격하여 단번에 상대를 물어 죽인다.

반면에 동물이나 곤충 세계에서 요란하게 치장을 하고 자기가 꽤나 무서운 생물인 것처럼 위장하는 것들은 사실 알고 보면 대부분 약한 종류들이다. 천적이나 적으로부터 자신을 보호하기 위해서 오랜 진화를 거쳐서 그런 모습을 지니게 된 것이다.

사실 수진랑도 그런 연약한 생물들처럼 몇 년에 걸쳐서 작은 진화를 거듭해 왔다.

아주 어렸을 때부터 그녀는 주위의 숱한 멸시와 천대, 핍박을 받으면서 자라왔다.

그래서 그녀는 속으로 있는 힘껏 독기를 품었으며, 남들이 함부로 자기를 건드리지 못하도록 분위기를 만들 필요가 절실했다.

처음에는 눈빛을 독하게 뿜어내고 인상을 썼으며 이를 드러내서 무서운 표정을 짓는 것으로 주위의 괴롭힘에서 벗어나려고 발버둥을 쳤다.

그렇게 오랜 세월이 흐르자 언제부터인가는 구태여 그렇게 하지 않아도 그녀 앞에 예리한 칼날 하나가 나타나게 되었다. 그것이 경고의 칼날인 것이다.

수진랑은 명귀의 경우도 자신과 같은 과정을 거쳤을 것이라고 해석했다.

그의 표면을 두르고 있는 분위기 안쪽의 진면목에서 일말의 두려움을 발견했기 때문이다.

그녀도 칼날 뒤에는 일말의 두려움이 감추어져 있다. 예전에 비해서 많이 약해졌으나, 그 두려움은 죽을 때까지도 사라지지 않을 것이다.

그것은 어려서부터 지니고 있던 약자 본능(弱者本能) 같은 것이었다.

탁—

일각 후에 용비는 책자를 덮고 그녀를 바라보았다.

"어떠냐? 해독할 수 있겠느냐?"

"시간을 주시면……."

"할 수 있다는 것이냐?"

"그렇습니다."

"후반부를 말하는 것이다."

"저는 전체를 말씀드리는 겁니다."

순간 수진랑의 얼굴에 놀라움과 기쁨이 흐릿하게 떠올랐다. 그녀도 어떤 면에서는 용비와 비슷한 부류이기 때문에 내심을 겉으로 드러내는 것에 인색하다.

그녀는 그토록 골머리를 썩이면서 파고들었는데도 천추신뢰검의 후반부를 해독하지 못했다.

그런데 용비가 일각 남짓 들여다보고는 해독할 수 있다고 하자 놀랐으며, 이젠 자신의 꿈을 이룰 수 있게 되었다는 생각에 기뻤다.

용비는 천추신뢰검 따위에는 추호도 흥미가 없다. 수진랑이 그를 이곳으로 끌고 온 것은 천추신뢰검의 초식 구결을 해독해 달라고 부탁하기 위해서라는 사실을 알게 되자 비로소 거래자의 자세로 돌아갔다.

그는 수진랑이 입을 열기를 묵묵히 기다렸다. 이제는 해독해 주는 대가를 정할 때다.

수진랑은 명귀에게 해독을 청부하는 절차에 대해서는 모르지만, 지금쯤은 대가를 말해야 할 때라고 짐작했다.

하지만 그녀는 웬일인지 쉽게 입술을 떼지 못하고 한동안 입술을 잘근잘근 깨물면서 침묵을 지켰다.

용비는 참을성 있게 기다렸다. 현재 그가 염상웅에게 해독을 해주고 받기로 한 대가가 은자 천 냥이니까 수진랑은 그보다는 더 줄 것이라고 예상했다.

천추신뢰검과 낙영팔검은 비교조차 할 수 없을 정도로 큰 격차가 나기 때문이다. 하지만 용비에겐 둘 다 거기에서 거기일 뿐이다.

이윽고 수진랑이 한참 만에 어렵사리 입을 열었다. 그런데 용비의 예상을 뒤엎는 내용의 말이다.

"나는 돈이 없다."

용비는 조금 어이없는 표정을 지었다. 수진랑이 해독비를 줄 수 없다면 거래는 이것으로 끝났다. 그래서 그는 그만 일어나야겠다고 생각했다.

그는 돈에 환장하지는 않았으나 악착같이 돈을 벌기 위해서 몇 가지 부업을 하고 있다.

그의 목적은 오직 하나, 어머니를 좀 더 편하게 모시겠다는 일념뿐이다.

어머니는 용비가 자신의 인생을 망쳤다면서 원수처럼 대하지만, 그는 한 번도 어머니를 원망한 적이 없었다.

오히려 천하에 단 한 사람뿐인 피붙이며, 자신을 이 세상에 태어나게 해준 고마운 분이기에 열성을 다해서 봉사하고 있었다.

용비는 공짜로 해독을 해준 경우는 한 번도 없었는데, 수진랑은 명귀에 대한 소문을 잘못 들은 모양이다.

그런데 조금 뜻밖이다. 천추문 제자들은 하나같이 떵떵거리는 부자나 명문대가, 고관대작의 자제들인데, 해독비를 지불할 형편이 못 된다는 수진랑이 조금 이상하게 보였다.

"그럼……."

그러나 어쨌든 돈이 되지 않는 일에 시간을 뺏기는 것은 손해다. 그래서 용비는 일어섰다.

콱!

아니, 일어서려고 하는데 수진랑이 재빨리 손을 뻗어 그의 어깨를 잡아 다시 앉혔다.

"윽……."

그런데 그녀의 손아귀 힘이 너무 강해서 용비는 어깨가 바스러지는 듯한 고통을 느끼며 풀썩 앞으로 고꾸라지듯이 엎어졌다.

수진랑은 본의 아니게 그의 얼굴을 바닥에 처박히게 해놓고는 얼른 손을 뗐다. 그러나 미안하다는 말도 미안한 표정도 짓지 않았다.

그런 마음이 전혀 들지 않았기 때문이다. 그런 것이 독불장군의 특징 중 하나다.

용비는 고통 때문에 얼굴을 찌푸린 채 고개를 들다가 수진랑이 자기를 무섭게 쏘아보고 있는 것을 발견했다. 그러나 그녀의 눈빛에 살의가 담겨 있지 않은 것을 알았다. 그녀는 지금 뭔가 고심하고 있는 것이 분명했다.

"염상웅은 낙영팔검보의 해독비로 얼마나 냈느냐?"

다 알고서 물어보는 것이라서 용비는 거짓말을 하지 않았다. 아니, 그렇지 않더라도 구태여 거짓말을 할 필요가 없다.

"은자 천 냥입니다."

"음……."

수진랑의 신음 소리가 왠지 거북하게 들렸다. 아마도 예상했던 것보다 액수가 훨씬 많다는 뜻일 게다.

그러고서 그녀는 또 한동안 아무 말도 하지 않았다. 그렇게 어색한 분위기의 시간이 속절없이 흘러갔다.

두 사람 주위에서 들리는 것이라곤 미풍에 몸을 부대끼면서 흐느끼는 갈댓잎 소리뿐이었다.

"나는 숫처녀다."

용비가 지루함을 느끼기 시작할 때 수진랑이 갑자기 불쑥 말문을 열었다.

"지금까지 한 번도 남자와 자본 적이 없다."

독특한 상식과 정신세계를 지니고 있는 용비는 조금도 표정이 변하지 않은 채 그녀를 쳐다보았다. 그래서 뭐 어쩌라는 것이냐고 묻는 표정이다.

수진랑의 눈빛이 조금 누그러지며 처연해졌다. 그녀의 보이지 않는 자존심에 금이 가고 있는 소리가 용비의 귀에 생생하게 들렸다. 그녀는 입술을 바들바들 떨면서 힘겹게 다음 말을 이었다.

"해독비 대신 나를 가져라."

조금도 예상하지 못했던 제안에 용비는 약간 어이없는 표정을 지었다.

"가지라는 것은 무슨 뜻입니까?"

용비는 수진랑의 말뜻을 어느 정도 짐작했으나 더 분명하게 알아야 했다.

수진랑은 고개를 푹 숙였다. 목덜미와 귀가 빨개진 것이 용비의 눈에 띄었다.

그러나 그것은 수줍음이 아니라 치욕 때문이라는 것을 알 수 있었다.

수진랑 같은 여자가 수줍음이라니 당치도 않은 일이다. 그녀의 자존심이 박살 나고 있는 것이다.

"내 순결을… 네가 가지라는 뜻이다."

"저는 돈을 원합니다."

단호한 거절이다. 하지만 수진랑은 물러서지 않았다. 그녀는 움찔하더니 고개를 들고 똑바로 용비를 쏘아보았다.

용비는 자존심이 박살 난 여자가 얼마나 위험한 존재인지 모르고 있었다.

"내 순결이 은자 천 냥 가치가 없다고 생각하느냐?"

용비는 가만히 있었다. 수진랑의 감정이 격해지고 있는 것을 감지했기 때문이다.

이럴 때는 그저 입 다물고 잠자코 있는 것이 상책이다. 어느 누구라도 자기 뜻대로 일이 풀리지 않으면 변칙 행동을 할 수가 있다.

일대제자 수진랑이라면 더욱 그럴 가능성이 농후하다. 더구나 그녀는 외겸인 따위에게 해독비로 자기 순결을 바치겠다고 말했다가 거절당했으니 자칫하면 화풀이로 용비를 죽일 수도 있는 것이다.

第四章 사우당(四友堂)

한 덩이의 부윰한 빛이 우거진 갈대숲 속에 있었다.

수진랑은 옷을 모두 벗은 채 푹신한 갈댓잎 위에 반듯한 자세로 누워서 꼼짝도 하지 않고 있었다.

그녀의 나신에서는 은은한 광채가 뿜어지는 것 같았다. 그래서 그 빛이 캄캄한 어둠을 조금쯤 밝히고 있는 듯했다.

용비가 어떻게 할 새도 없이 수진랑은 빠른 동작으로 옷을 모두 벗고 알몸이 되어 바닥에 누워버렸다.

아니, 용비로서는 말릴 수도 없고 말린다고 해서 들을 그녀가 아니었다.

그녀 옆의 바닥에 무릎을 꿇은 자세로 앉아 있는 용비는 고개를 돌려서 그녀를 외면하고 있는 모습이다.

용비가 아무리 생각이 깊고 겁이 없으며 산전수전 두루 겪어본 사람이라지만 십팔 세의 소년이다.

여자와 몸을 섞어본 적도 없으며 그의 신분이나 형편상 그럴 여유도 없었다. 그러니 이런 상황에서는 어떻게 해야 할지 막막하기만 했다.

누워 있는 수진랑은 두 팔을 골반에 붙인 채 눈을 꼭 감은 상태다. 또한, 그녀의 몸은 단단하게 경직되었다.

그녀는 내심 해독비 대신에 용비에게 순결을 바치기로 결심을 하고는 일단 서둘러서 옷을 벗고 누웠으나 차마 눈을 뜨고 있을 용기가 나지 않았다. 순결한 몸인 그녀이기에 이런 상황이 익숙할 리가 없다.

하지만 이렇게 있어서는 죽도 밥도 안 된다는 것을 깨닫고는 눈을 뜨고 용비를 쳐다보았다.

아니나 다를까, 용비는 옆에 앉아서 다른 방향으로 고개를 외면한 상태였다.

수진랑으로서는 옷을 모두 벗고 바닥에 눕기까지 했는데 여기에서 그만둘 수는 없다.

그녀는 무슨 일이 있어도 천추신뢰검을 완성해야만 한다. 그래야지만 소기의 목적을 달성할 수가 있다.

그녀는 윗사람인 자신이 용비를 이끌 수밖에 없다고 판단했다. 이대로 있다가는 날이 새도록 아무 일도 일어나지 않을 것이 분명했다.

"나를 봐라."

그녀는 속삭이는 듯한 목소리로, 그러나 싸늘하게 내뱉었다.

용비는 그녀의 목소리에서 저항하면 좋지 않은 일을 당할지도 모른다는 예감을 느끼고 어쩔 수 없이 그녀 쪽으로 천천히 고개를 돌렸다.

그는 씁쓸한 표정으로 수진랑의 나신을 굽어보았다. 그가 앉아 있는 바로 앞에 그녀의 잘록한 허리가 있었다.

그가 앉은 곳에서 약간 오른쪽에는 희고 풍만하며 탐스러운 젖가슴이, 왼쪽에는 뽀얀 허벅지가 합쳐진 곳에 검고 무성한 숲이 보였다.

수진랑의 몸은 매우 늘씬했다. 또한, 수년간의 끊임없는 무공 연마로 인해서 기막히게 잘 다져진 몸매다.

어느 곳 하나 흠잡을 데 없는 완벽한 여체가 그곳에 누워 있었다.

용비가 천목산에서 구해준 한정의 나신이 여신(女神)이라면, 수진랑은 전사(戰士)라고 할 수 있다.

농염한 여인처럼 무르익은 몸은 아니었으나 살짝 건드리

기만 해도 터져 버릴 것 같고 그러면서 파릇파릇한 청순함이
가득한 나신이었다.

그녀는 수치스러움 때문인지 가쁜 숨을 몰아쉬고 있는데
그럴 때마다 풍만한 젖가슴이 흔들리며 출렁거렸다.

또한, 그녀가 쭉 뻗은 두 팔을 옆구리에 찰싹 붙인 채 힘을
주고 있기 때문에 젖가슴이 가운데로 모여서 묘한 형태로 일
그러지며 더 풍만하게 보였다.

용비는 갑자기 기묘한 기분에 휩싸이고 있는 자신을 발견
했다. 하지만 그가 여자의 나신을 보는 것은 지금이 처음은
아니다.

얼마 전 천목산에서 한정의 완벽한 나신을 봤으며 치료를
하느라 직접 만지기도 했다.

하지만 그는 중상을 입은 여자에게서 욕정을 느낄 정도로
파렴치한 인간이 아니다.

욕정을 느끼기는커녕 그 당시에는 빨리 그녀를 치료해 주
고 항주까지 달려가야만 하는 급박한 상황이었다.

천추문 숙객당 내겸인 소진진은 평소에 용비를 짝사랑한
나머지 몇 번인가 그의 앞에서 알몸이 되어 육탄 공세를 펼쳤
던 적이 있다.

그러나 무슨 이유에선지는 모르지만, 그는 소진진에게 추
호도 욕정을 느끼지 않았었다.

그녀를 싫어하는 것도 아니고, 그에게 여자를 멀리하려는 결벽증 같은 것도 딱히 없었다.

오히려 혈기 넘치는 소년이라 벽에 뚫린 구멍만 보고서도 몸이 건강하게 반응할 나이였다. 그런 그이지만 그때는 소진진의 나신을 보고도 그냥 덤덤했으며 안고 싶다는 생각이 전혀 들지 않았다.

그런데 지금은 상황이 아주 기이했다. 수진랑이 천추신뢰검보의 초식 구결을 해독해 주는 대가로 자신의 순결을 주겠다고 먼저 제안했다.

용비에게 있어서 천추신뢰검보를 해독해 주는 것은 별로 어려운 일이 아니다.

그 정도는 마음먹기에 따라서 지금 당장에라도 줄줄 해독해 줄 수가 있다.

염상웅에게 낙영팔검보를 해독해 주고 은자 천 냥을 받는 것이나 이것이나 별반 다를 바가 없다는 생각이 들었다.

주고받는다는 의미는 똑같다고 할 수 있다. 염상웅은 돈으로 지불하고, 수진랑은 몸으로 지불한다. 그러므로 이것은 정당한 거래다.

또한 천추문에서도 가장 하급의 신분인 용비는 천추문 최상의 신분인 일대제자, 그것도 천추문 내에서 전설적인 입지를 지니고 있는 수진랑의 순결을 자신이 갖게 된다는 사실에 약간 흥미를 느꼈다.

아마 그런 감정은 비천한 신분의 사람들이라면 누구라도 조금쯤은 가슴속에 품고 있을 것이다.

고귀한 존재를 짓밟음으로 인해서 어느 정도의 일그러진 만족감을 얻는 것이다.

수진랑은 용비가 자신의 나신을 천천히 살펴보고 있는 것을 보면서 중얼거렸다.

"어서 나를 가져라."

그런데 용비는 수진랑의 말을 듣는 순간 정신이 번쩍 들면서 나신에서 시선을 거두고 그녀를 쳐다보았다.

아주 짧은 시간이었지만 그는 수진랑의 순결을 취할까 하고 생각했으나 곧 부질없다는 것을 깨달았다.

그래 본들 그는 여전히 비천한 신분이고, 수진랑은 순결을 잃었다 뿐이지 여전히 자랑스러운 천추문 일대제자라는 사실에는 변함이 없다.

또한, 아주 위험한 어떤 사실을 간과할 뻔했다. 자신의 순결을 잃은 수진랑이 나중에 용비에게 어떤 보복을 가할지도 모른다는 사실이다.

천추신뢰검보를 해독하고 난 이후에는 자신의 자존심을 만회하려고, 혹은 순결을 거래한 비밀을 지키기 위해서 용비를 쥐도 새도 모르게 죽일 수도 있다. 그것은 충분히 가능성이 있는 예측이다.

"원하시면 해독비를 받지 않고 해독해 드리겠습니다."

용비는 조용한 목소리로 그렇게 말했다. 수진랑은 무슨 일이 있어도 천추신뢰검보를 해독하려고 들 것이고, 용비로서는 절대로 그녀의 순결을 대가로 받을 수는 없다. 그러므로 그는 서로 좋은 타협점을 제시한 것이다.

또한, 이로써 한밤중의 서호 변에서 일어날 뻔했던 해괴한 행각은 이제 끝내자는 뜻이었다.

"내가 거지로 보이느냐?"

그런데 수진랑은 용비가 전혀 예상하지 못했던 반응을 보였다. 그녀는 발딱 상체를 일으키면서 날카롭게 외치며 용비에게 주먹을 휘둘렀다.

그녀의 주먹은 용비의 관자놀이를 향해 날아왔다. 용비로선 그 주먹에 공력이 실렸는지 어떤지 모르지만, 거기에 맞으면 머리가 으깨져서 즉사한다는 것쯤은 직감했다.

하지만 피할 수가 없다. 주먹이 날아오는 순간 그는 살모사 앞의 쥐처럼 옴짝달싹도 하지 못했다.

그녀의 주먹이 워낙 빠르기 때문이다. 그 짧은 순간에 그는 '천추문 일대제자의 실력이라는 것이 바로 이런 것이로구나' 라고 느꼈다.

뚝!

그러나 수진랑의 주먹은 용비의 관자놀이 두 치 거리에서 딱 멈추었다.

"또다시 내 자존심을 건드린다면 그때는 절대로 용서하지 않겠다."

용비는 등줄기에서 식은땀이 흐르는 것을 느꼈다. 놀라거나 공포를 느끼지는 않았으나 하마터면 죽을 뻔했다는 생각이 들었기 때문이다. 그는 방금 저승 문턱을 넘으려다가 다시 이승으로 돌아왔다.

그가 어떤 꿈이나 야망을 지니고 있든지 간에 죽어버리면 모든 게 끝장이다.

호흡이 멎고 육신이 땅에 묻히면 오래지 않아서 썩는다. 인간은 죽음 앞에서는 평등한 것이다.

아무리 강철 같은 간담을 지니고 있는 용비라고 해도 이 자리에서 수진랑을 다시 한 번 시험해 보는 것은 자살 행위나 다름이 없다는 생각이 들었다.

그녀는 방금 말하지 않았는가. 다시 한 번 자존심을 건드리면 죽이겠다고 말이다.

용비는 죽는 것이 두렵지는 않지만, 자신이 죽을 경우 첫 번째로 어머니가 혼자 될 것이 가장 염려스러웠다. 어머니는 혼자가 돼버리면 절대로 살지 못하는 사람이다.

그리고 두 번째는 비천한 신분으로 태어나서 밑바닥을 기다가 죽는 것이 억울했다.

　그는 할 수만 있다면 모든 것의 가장 꼭대기에 서고 싶다는 야심을 가슴에 품고 있다.

　그런데 이런 외딴곳에서 여자의 순결을 취하지 않았다는 말도 안 되는 이유 때문에 아무도 모르게 죽는 것은 너무 억울하지 않은가.

　용비는 그녀가 어째서 천추신뢰검보를 해독해 달라고 자신을 협박하지 않는 것인지 비로소 이해했다.

　그녀의 성격이 어떤 과정을 거쳐서 형성이 됐는지는 모르지만, 물건을 사면 돈을 치러야 하듯이 누군가에게 어떤 일을 시키면 반드시 대가를 지불해야 한다는 상식을 갖고 있는 것이 분명했다.

　용비는 조금 전까지는 수진랑을 안고 싶은 마음이 조금이나마 있었으나 지금은 깡그리 사라졌다.

　하지만 수진랑은 어서 자신의 순결을 가지라면서 누운 채 고집스럽게 꼼짝도 하지 않고 있다.

　용비는 수진랑의 성격을 대충 파악했기 때문에 조심스럽게 자신의 생각을 꺼내봤다.

　"이렇게 하는 것은 어떻겠습니까?"

　수진랑이 싸늘한 눈빛으로 그를 쏘아보았다. 실없는 소리를 지껄이면 그 즉시 죽이겠다고 그 눈빛이 말하고 있었다.

용비는 긴장해서 마른침을 꿀꺽 삼키고 입을 열었다.

"우선 제가 천추신뢰검보의 초식 구결을 해독해 드리고 나서 해독비는 빚으로 그냥 남겨두는 겁니다."

그러자 수진랑의 얼굴에 무슨 소리냐는 표정이 흐릿하게 떠올랐다.

"나중에 돈을 벌어서 갚으시든지 아니면 제 부탁을 한 가지 들어주는 것으로 정하는 것은 어떻습니까?"

용비가 생각해 봐도 그게 최선의 방법인 것 같았다.

"빚은 싫다."

그런데 수진랑의 딱 자르는 말에 '최선의 방법'은 송두리째 날아갔다.

"지금의 나는 가진 것이 몸뚱이뿐이다. 다른 것이 있다면 그것으로 대가를 치렀을 것이다."

그녀는 잠시 눈을 감았다가 뜨고는 차갑게 말했다.

"당장 옷을 벗어라."

용비는 거부할 수가 없었다. 죽는 것보다는 옷을 벗는 쪽이 낫기 때문이다.

발가벗은 용비는 수진랑의 강압에 의해서 그녀의 나신 위에 엎드려 몸을 포갠 자세를 취하고 있었다.

그녀는 눈을 감고 입술을 잘근 깨문 채 다리를 조금 벌려서 용비를 받아들일 자세를 취했다.

용비의 몸 앞면은 수진랑의 몸과 빈틈없이 밀착되었다. 그의 무게에 그녀의 젖가슴이 찌그러졌고 얼굴이 맞닿으려 하고 있다.

그래서 그는 목에 힘을 주어 고개를 빳빳하게 유지하느라 무진 애를 쓰고 있는 중이다.

그런데 말도 안 되는 일이 일어나고 있다. 지금이 더없이 처절하고 절박한 상황인데도 그의 몸은 신기하게도 정직하게 반응을 하고 있는 것이다.

그의 음경이 수진랑의 소중한 부위에 닿자마자 어떻게 해볼 새도 없이 극도로 팽창해 버렸다. 그러면서 그녀의 소중한 부위를 강하게 찔러댔다.

순간 수진랑이 번쩍 눈을 떴다. 용비는 그녀의 동공이 크게 흔들리고 입이 벌어지는 것을 발견했다.

"빨리해라."

그런데 그녀는 떨리는 목소리로 싸늘하게 말하려고 애쓰면서 중얼거렸다.

사랑도 애정도 없는 이런 행위는 사창가에서 돈을 주고 산 여자와 잠시 몸을 섞는 것과 다를 바가 없다. 그래서 용비는 비참한 심정이 됐다.

그런데도 수진랑은 삽입이 쉽도록 다리를 조금 더 넓게 벌

려주었다. 그녀로선 이 수치스러운 거래를 한시바삐 끝내고
싶은 것이다.

'이, 이래선 안 된다!'

그는 자신의 음경이 수진랑의 그곳으로 삽입되고 있는 듯
한 느낌을 받으면서 급히 허리를 뒤로 뺐다.

그는 이 상황이 끝나고 나서 자신이 천추신뢰검보의 초식
구결을 해독해 주고 나면 반드시 수진랑에게 죽음을 당할 것
이라는 생각이 지금은 더욱 확실해졌다.

그래서 지금 자신의 상황이 수컷 사마귀와 다를 바가 없다
는 생각이 들었다.

수컷 사마귀는 암컷과 교미를 하는 도중에 머리부터 암컷
에게 아작아작 잡아먹힌다.

암컷이 더 많은 알을 낳게 하기 위해서 스스로 먹이가 돼주
는 것이다. 그러면서도 부지런히 교미를 하여 끝내는 정액을
방출한다.

그런 수컷 사마귀와 용비의 현재 상황이 조금도 다를 바가
없었다.

죽을 줄 알면서도 욕정을 느끼고 있으며, 또한 죽음으로의
지름길을 전속력으로 달려가고 있지 않은가.

확!

용비가 자꾸만 궁둥이를 뒤로 빼자 수진랑이 두 손으로 그

의 궁둥이를 덥석 잡고는 거세게 끌어당겼다.

"……!"

음경이 그녀의 소중한 곳에 깊이 삽입된다고 느끼는 순간 그는 다급하게 소리쳤다.

"우리 친구 합시다!"

"……."

수진랑은 고통 때문에 얼굴을 몹시 찡그리고 있다가 눈을 뜨고 그를 말끄러미 바라보았다.

용비는 이것이 마지막 기회라는 생각에 열성적으로 설명했다. 그리고 웃는 얼굴을 만들었다. 하지만 일그러진 얼굴이 되었다.

"해독비로 우리가 친구가 되는 것입니다. 저로서는 일대제자를 친구로 갖게 되니까 은자 수십만 냥의 가치가 있는 셈이지요. 어떻습니까?"

일대제자 따위, 더구나 수진랑 같은 괴팍한 여자는 수레에 잔뜩 싣고 와도 절대 사절이다.

하지만 죽지 않으려면 그녀를 친구가 아니라 마누라라도 만들어야만 하는 절박한 상황이다.

용비는 수진랑이 눈을 깜빡거리는 것을 보고 더욱 열성적으로 설명했다.

"친구가 되면 무엇이든 서로 공유하니까 앞으로는 소저가 원하는 모든 무공 구결을 공짜로 해독해 드리겠습니다. 그리고 제가 위급할 때 도와줄 수도 있지 않겠습니까?'

용비가 무지하게 손해를 보는 거래지만, 지금 이 상황에서는 지극히 공평한 제안인 것 같았다.

그런데 그때 수진랑은 깨물고 있던 입술 끝을 미미하게 씰룩였다. 용비는 그것이 미소라고 생각했다.

"좋다."

"치, 친구 하는 겁니까?"

용비는 마지막 아슬아슬한 순간에 목숨을 건졌다는 생각에 간담이 서늘해졌다.

"그래. 지금부터 우린 친구다."

"감사……."

용비는 말을 하다가 멍한 얼굴이 되어 멈추었다. 갑자기 이상한 느낌에 사로잡혔기 때문이다.

등허리가 시큰거리는 것 같더니 찌릿찌릿한 느낌이 순식간에 등줄기를 타고 뒤통수로 치밀어 올랐다.

그리고는 수억 마리의 개미 떼가 온몸을 갉아먹는 듯한 괴이한 느낌, 아니, 극도의 쾌락이 온몸을 파도처럼 휩쓸었다.

"아아……."

다음 순간 그의 입에서 흘러나온 단말마의 나직한 신음과 함께 그의 몸에서 무엇인가 음경을 통해서 무섭게 폭발하듯이 쏟아져 나갔다. 그러면서 그는 아주 격렬하게 몸을 부르르 떨었다.

그때 그는 깨달았다. 모든 것이 틀어져 버렸다는 사실을. 수진랑과 친구가 되자는 제안을 조금만 더 빨리했더라면 이런 불상사는 일어나지 않았을 것이다. 이제 그는 죽은 목숨이나 다름이 없다.

머리는 절망을 하고 있는데도 몸은 여전히 쾌감에 떨고 있는 이율배반이 벌어지고 있었다.

쾌감의 여운은 매우 길었다. 그리고 그는 세 가지 사실을 동시에 깨달았다.

정액이 방출되는 순간 궁둥이를 뒤로 빼야 하는데 오히려 더욱 깊이 찔러 넣고 있다는 것과 수진랑의 두 손이 자신의 궁둥이를 힘차게 붙잡고 있다는 사실, 그리고 자신의 입술과 그녀의 입술이 포개져 있다는 사실이었다.

'이런 미친놈.'

용비는 초주검이 된 모습에 힘없는 발걸음으로 터덜터덜 밤길을 걸어가고 있었다.

지금은 인시(寅時:새벽 4시)다. 수진랑하고 무려 세 시진이나 함께 있었던 것이다.

마지막 결정적인 상황은 채 몇 호흡도 걸리지 않았는데 그

과정이 하염없이 길었다. 그리고 그의 피를 말렸다.

조금 있으면 날이 밝을 시간에 집으로 돌아가고 있는 그의 머릿속은 흙탕물처럼 어지러웠다.

오늘 밤 서호 변 갈대숲 속에서 있었던 일들이 한낱 꿈처럼 여겨졌다. 그런 일은 꿈에서나 가능한 일이다.

그래도 한 가지 그를 위로하는 일이 있어서 그나마 집으로 돌아갈 기운이라도 생겼다.

서호 변에서 헤어지기 전에 수진랑은 그에게 천추신뢰검 보를 주면서 조용한 목소리로 말했다.

"약속했다. 우린 친구다."

그게 오늘의 유일한 위안이었다. 용비는 수진랑의 순결을 가졌으며 그것으로 해독비를 이미 받았다. 그러므로 수진랑 은 친구가 되자는 그의 제안을 거절해도 상관이 없다. 그런데 도 그녀는 제안을 받아들였다.

엄밀하게 따지자면, 용비가 친구가 되자고 제안하는 것보 다 삽입이 더 빨랐다.

용비는 그녀가 어째서 제안을 받아들였는지 여기까지 오 는 동안 곰곰이 생각하다가 하나의 결론에 도달했다.

어쩌면 그녀도 용비와 비슷한 부류의 인간일지도 모른다 는 사실이다. 만약 입장이 바뀌었다면 용비도 그 상황에 그녀 처럼 행동했을 것이다. 그렇게 생각해야지만 그녀를 이해할 수가 있다.

집에 거의 다 왔을 때 용비는 씁쓸하게 중얼거렸다.

"친구인데 해버렸다. 제길……."

항주에서 남문을 나와 전당강(錢塘江)으로 향하는 길목에 한 채의 평범한 이 층 주루가 있다.

미령루(美翎樓)라는 좀 특이한 이름의 주루다. '미령'은 예전 용비의 어머니가 기녀 생활을 할 당시에 사용했던 기명(妓名)이다.

그 화려했던 시절을 한시도 잊지 못하고 있는 모친은 주루 이름을 그렇게 지어버렸다.

항주 남문 밖에서 미령루까지는 이백여 장 남짓 거리다. 성문은 이미 술시(戌時:저녁 8시)에 닫혔으나 용비는 늘 다니는 성벽 아래의 소위 개구멍이라고 불리는 곳을 통해서 쉽게 밖으로 나왔다.

항주의 성벽은 너무 오래된 탓에 곳곳이 허물어지고 개구멍이 뚫려 있다.

잠시 후에 미령루에 도착한 그는 주루 모퉁이를 돌아서 골목 안으로 들어섰다.

그곳에는 주루와 붙은 한 채의 마당이 딸린 집이 있다. 이 층의 주루는 영업을 하는 곳이고 집은 용비네가 생활을 하는 가정집이다.

그는 대문 옆 담 아래쪽에 감추어둔 구부러진 철사를 문틈으로 집어넣어 능숙한 솜씨로 잠긴 빗장을 열었다.

이 주루와 집은 용비가 삼 년 동안 악착같이 모은 돈을 몽땅 털어서 작년에 어머니에게 사드렸다.

은자 사백오십 냥이 들었다. 그가 외겸인이 된 것이 십사 세 때인데 녹봉을 한 푼도 쓰지 않고 모았다고 해도 턱없이 모자란 금액이다.

그는 작년 초부터 천추문 제자들에게 무공서의 초식 구결을 해독해 주었으며, 그 당시에 받은 해독비는 많아야 은자 오십 냥을 넘지 못했다.

어쨌든 작년 말에 무공서 해독비와 또 다른 한 가지 부업으로 번 돈, 그리고 녹봉 모은 돈을 다 털어보니 은자 사백오십 냥이 되었고, 그것으로 어머니에게 주루 미령루와 그곳에 딸린 집 한 채를 사드렸던 것이다.

그전까지 어머니는 서호 변과 전당강에 밀집해 있는 기루들을 전전하면서 허드렛일을 하며 푼돈을 벌었다.

"비야."

그가 대문 안으로 들어가려고 하는데 뒤쪽에서 누가 속삭이는 듯한 목소리로 불렀다.

용비는 목소리만 듣고도 상대가 누군지 즉시 알았다. 그의 이름을 불러주는 몇 안 되는 사람 중의 한 명인 현도(賢道)가 대문과 마주 보이는 담 안쪽에 기대서 기다리고 있었던 것이다.

항주 성내에는 용비의 친구 세 명이 살고 있다. 코흘리개 때부터 함께 커온 형제나 다름없는 죽마고우들이다.

용비는 작년부터 그 친구 세 명과 한 가지 부업을 해오고 있다.

그 친구들은 용비와 비슷한 처지에서 태어났으며 같은 동네에서 함께 성장했다. 찢어지게 가난하고 배운 것이 없으며 부모가 없는 고아거나 홀어머니 아니면 홀아버지를 모시고 있다.

항주의 밑바닥 인생들이 그렇듯이, 작년까지만 해도 그 친구들의 벌이는 시원치 않았었다.

가게에서 점원 노릇을 하거나 주루의 점소이, 거리에서 행상 따위를 했다.

그러나 한 달에 은자 한 냥을 벌기도 힘들어서 자기 입 하나 풀칠하는 것조차 버거웠다. 그런데 그들 중에 두 명은 부양할 가족이 있다.

용비는 작년 말에 어머니에게 주루를 사드리고 나서 이번에는 친구들을 챙기기로 마음먹었다.

그렇다고 해서 돈으로 뭘 해주려는 것이 아니다. 그럴 만한 돈도 없으며, 자기가 악착같이 번 돈은 오로지 어머니를 위해서만 써야 한다고 스스로에게 약속했다.

그러고도 남는 돈이 있다면 모르지만, 그 당시에는 그럴 형편이 아니었다.

친구들과 함께 시작한 일은 어렸을 때부터 구상하고 있던 것인데 일종의 해결사 비슷한 일이다.

사람들의 골치 아픈 일을 대신 처리, 혹은 해결해 주고 적당한 대가를 받는 것이다.

그 일은 자본이나 많은 인원이 필요하지 않고 소수 인원이 부지런하게 움직이기만 하면 된다는 장점이 있었다. 용비와 친구들에겐 딱 맞는 직업이었다.

용비와 세 친구가 그 일을 시작하기 전까지 항주에는 그런 일을 해주는 곳이 한 군데도 없었다.

용비는 어린 시절부터 자신의 주변에 누군가의 도움을 절실하게 필요로 하는 힘없고 무지한 사람들이 많다는 사실을 알게 되었다.

그래서 언젠가 능력이 생기면 그것을 이용해서 돈벌이를 해야겠다는 계획을 품고 있었다.

어려움에 처한 사람들을 도울 수도 있으며 돈도 벌게 되니까 일석이조의 일이다.

처음부터 해결사 일이 순조로웠던 것은 아니다. 사람들은 난감하거나 막막한 일이 생겨도 집안일이기 때문에 외부에 알려지면 곤란해진다는 이유로 쉬쉬하면서 극도로 노출을 꺼렸다.

그것이 용비가 해결사 사업을 시작하면서 최초로 부닥친 높은 벽이었다.

그래서 용비와 친구들은 직접 발품을 팔아가면서 항주 성내 곳곳을 돌아다니며 이런저런 소문을 듣고 적당한 일거리를 찾아다녔다.

하지만 소문을 듣고 막상 당사자를 찾아가면 대부분의 사람은 그런 일이 절대 없다고 손사래를 치거나 있어도 용비 등에게 일을 맡기려고 하지 않았다.

그런저런 어려움 때문에 해결사 일을 시작한 첫 달에는 일거리를 한 건도 따내지 못했다. 물론 수입 역시 한 푼도 없었다.

두 달째에는 욕심부리지 않고 아주 잡다하고 소소한 일거리라도 마다하지 않고 맡아서 열성을 다해 처리했다.

그리고 일의 특성상 청부자의 '비밀 준수'를 최우선으로 삼았다.

그렇게 인내심을 갖고 하나둘씩 차근차근 해결하다 보니까 차츰 입소문이 퍼지면서 석 달째부터는 제법 일거리다운 것들도 들어왔다.

용비의 신속하고 깔끔한 일 처리와 절대로 비밀을 지키는 방침이 먹혀들었다.

그리고 반년쯤 지난 현재는 조금쯤은 자리가 잡혔다고 말할 수 있다.

지난달에는 다섯 개의 일거리를 해결했으며, 총수입이 은자로 백오십 냥이었다.

경비를 제외하고 백이십 냥쯤 남아서 네 사람이 삼십 냥씩 고르게 배분했다.

사업이 점차 자리를 잡아가면서 용비네 해결사 조직도 이름이 필요해졌다.

그래서 네 명의 친구는 머리를 맞대고 궁리한 끝에 '네 친구'라는 뜻으로 사우당(四友堂)이라고 지었다.

용비가 서너 걸음 거리의 담을 등지고 서 있는 현도에게 다가가자 그는 걱정스러운 표정을 지으며 마주 다가오며 소곤거렸다.

"네가 약속 시각에 오지 않아서 무슨 일이 있는지 다들 걱정하고 있었어."

사우당은 성내 번화가의 후미진 골목 안에 작은 집 한 채를 빌려서 사용하고 있다.

친구들 중에서 낙혼(落魂)이 일가 피붙이 하나 없는 고아라서 그곳을 사우당 겸 집으로 삼고 있다.

하늘색 경장을 잘 차려입은 입은 현도는 조금쯤은 잘나가는 가문의 공자처럼 보였다.

반년 전의 그는 누더기에 까치둥지 같은 머리를 하고 있어서 영락없는 거지꼴이었다. 뽕나무밭이 변해서 바다가 되었다는 상전벽해란 그를 두고 하는 말이었다.

현도는 남자면서도 살결이 유난히 희고 갸름한 탓에 그의 태생과 성장 환경이 비참했을 것이라고는 도저히 상상하지 못할 것이다.

별다른 일이 없는 한 용비는 매일 저녁이나 늦은 밤에라도 꼭 사우당에 들르는데 오늘은 오지 않아서 현도가 대표로 찾아온 것이다.

"별일 없다."

용비는 희미한 미소를 지으며 대답했다. 그는 어머니와 사우당 친구들, 그리고 천추문의 몇몇 친구들 앞에서만 미소를 짓는 편이다.

그래도 그의 미소를 미소라고 알아주는 사람은 사우당 친구들뿐이다.

그는 친구들이라고 해도 구구절절 설명 같은 것은 하지 않는다. 별일 없다고 하면 그로써 그만이다.

현도는 고개를 끄덕이고 나서 오늘 있었던 일을 간단하게 보고했다.

"네가 시킨 대로 했더니 양씨부인 일은 순조롭게 해결됐다. 네 말대로 범인은 지척에 있었어. 그리고 보수는 은자 오십 냥 받았는데 일단 금고에 넣어두었어. 내일 아침에 전장(錢場)에 맡기마."

이틀 전에 성내의 제법 잘사는 가문의 안방마님인 양씨부인이 한밤중에 집안 대들보에 목을 매고 자살을 한 일이 일어났다.

항주 포청(捕廳)에서는 대충 조사를 해보고는 자살이라는 판결을 내렸다.

그런데 포청의 판결이 석연치 않은 남편은 자기 부인은 절대로 자살할 사람이 아니라면서 사우당에 양씨부인 자살 사건의 진상을 조사해 달라고 청부를 했다.

사우당이 조사한 사건의 진상은 남편의 남동생, 즉 양씨부인의 시동생이 그녀를 강제로 겁탈했는데 수치심과 남편에 대한 죄책감을 못 이겨서 양씨부인이 스스로 자살한 것으로 결론이 났다.

범인인 시동생이 붙잡혀서 모든 것을 실토했으니 더 이상의 깔끔한 해결이 있을 수 없다. 이번 일은 보수가 은자 오십 냥이니 제법 짭짤했다.

용비를 제외한 세 친구는 사우당의 일을 하고 나서부터는 형편이 말할 수 없을 정도로 좋아졌다.

월 평균 수입이 은자 이삼십 냥으로 항주성 고위 관리의 녹봉과 맞먹는 수준이다.

어렸을 때부터 사우당 세 친구는 용비를 늘 자신들의 우두머리로 여겼으며 그의 말이라면 물불을 가리지 않는 우정을 보였다.

그런데 하물며 사우당 덕분에 지긋지긋한 가난으로부터 완전히 벗어난 지금은 용비에게 우정을 넘어서 지극한 충성심을 지니게 되었다.

"그런데 오늘 오후에 항주 사람이 아닌 듯한 낯선 사람이 찾아와서 일거리를 의뢰했어."

현도는 조심스럽게 말문을 열고 나서 더 조심스러운 표정을 지었다.

"그 사람이 하는 말이, 자기가 맡기는 일을 해주면 매달 은자 오백 냥을 주겠다고 했다."

"매달 오백 냥?"

용비는 미간을 좁혔다. 호박이 넝쿨째 굴러들어 왔는데도 조금도 놀라거나 기뻐하는 표정이 아니다. 직감적으로 불길한 예감이 들었기 때문이다.

현도를 비롯한 사우당의 세 친구는 오늘 오후에 낯선 사람의 그런 제안을 들었을 때 뛸 듯이 기뻐했다.

지금까지의 여느 일거리들과 비슷할 것이라는 생각에 추

호도 의심 같은 것은 하지 않았다.

그들에게는 용비 같은 동물적 본능과 예리한 직관력이 없기 때문이다.

"그 사람이 맡기겠다는 일이 과연 뭘까?"

현도는 팔짱을 끼고 고개를 갸웃거리면서 중얼거리다가 환한 표정을 지었다.

"어쨌든 우리 모두 그 말을 듣고 꿈인지 생시인지 기뻐서 난리가 났었어."

"좋지 않다."

용비는 딱 잘라서 말했다.

현도는 거기에 의문을 품지 않았다.

"그래? 알았어. 그럼 거절하지."

현도는 지금까지 용비와 함께 성장하면서 그의 직감이 틀리는 것을 한 번도 본 적이 없다.

그가 낯선 사람의 일거리를 '좋지 않다'라고 말했다면 좋지 않은 것이 분명하다.

그러므로 현도가 용비의 말을 사우당의 다른 두 친구에게 전하면 그들도 무조건 수긍할 것이 당연하다. 용비는 모두에게 그런 존재였다.

"갈게. 잘 자라."

현도가 손을 들어 보이며 골목 밖으로 걸어가자 용비는 그를 배웅하려고 따라갔다.

그런데 큰길로 나와서 관도 쪽으로 꺾어지던 현도가 갑자기 움찔 놀라 멈췄다.

"엇?"

용비는 한 걸음 늦게 골목 밖으로 나와 그쪽을 쳐다보다가 미간을 찌푸렸다.

한 사내가 용비네 주루 미령루 벽에 어깨를 기댄 채 팔짱을 끼고 이쪽을 쳐다보면서 벙글벙글 웃고 있었다.

이십오륙 세쯤의 나이에 둥글고 넙데데한 얼굴을 지녔으며 마치 마음씨 좋은 중 같은 인상을 풍기는데, 얼굴 전체로 미소를 짓고 있었다.

그를 보면 세상에 태어나서 나쁜 짓이라고는 한 번도 저지르지 않은 사람 같았다.

그러나 현실은 전혀 달랐다. 그는 항주 남문 근처 화영(花影) 거리 일대에서는 흡혈귀, 혹은 찰거머리로 통했다.

일신에 누덕누덕 기운 옷을 입었으며, 허리에는 때 묻은 굵은 밧줄 같은 것을 둘렀고, 허리에 표주박을 하나 차고 있는 모습이다.

영락없는 거지의 꼬락서니지만 세상에서는 이런 독특한 모습을 한 거지들의 집단을 개방(丐幫)이라고 한다.

사실 그는 개방 항주분타 예하 조장(助長)이며 소선개(笑仙

뜨)라고 한다.

개방 항주분타에는 다섯 명의 조장이 있으며 소선개는 화영 거리, 즉 화영로를 맡고 있다.

용비네 사우당의 주 활동 무대는 화영로이다. 그렇기 때문에 소선개하고는 필연적으로 마주칠 수밖에 없는 상황이다.

항주에는 수십 개의 하오문파와 그보다 몇 배나 많은 건달 조직이 있다.

하지만 그들을 모두 합친 것보다 소선개 혼자 저지른 악행이 더 많았다.

또한, 그 혼자서 벌어들인 돈이 매월 은자 수천 냥에 이른다는 소문이 돌 정도다.

그가 항주 화영로 사람들에게서 벌어들이는 돈은 소위 보호비라는 명목이다.

하지만 그는, 아니, 개방은 화영로의 상인들이나 사업을 하는 사람들을 전혀 보호하지 않는다. 오히려 괴롭히지 않으면 감사할 정도다.

만약 개방이 화영로 사람들을 제대로 보호했다면 다른 하오문파나 건달 조직에게 이중삼중으로 보호비를 뜯기는 일은 발생하지 말아야 한다.

소선개는 작년 말에 용비네 사우당이 문을 열었을 당시에는 코빼기도 비치지 않았다.

그러나 개업 다음 달부터 수입이 생기기 시작하자 어떻게 알았는지 귀신처럼 소선개가 사우당에 찾아왔다.

그가 찾아온 이유는 간단했다. 화영로의 다른 사람들처럼 사우당도 자기에게 보호비를 내라는 것이었다.

용비나 그의 친구들은 절대로 보호비 같은 것을 낼 사람들이 아니다. 소선개에게 보호를 요청한 적도 요청할 생각도 아예 없었다.

자신들이 땀 흘려서 번 귀한 돈인데 구리 돈 한 푼이라도 소선개에게 줄 수 없다는 것이 사우당 네 친구의 공통된 생각이었다.

개업 둘째 달 사우당의 수입 합계는 은자 이십팔 냥이었다. 죽마고우인 네 사람이 생전 처음 힘을 모아서 번 너무나 소중한 돈이다. 그런데 소선개는 그중에서 열 냥을 보호비로 내놓으라는 것이다.

열흘 삶은 호박에 이도 들어가지 않는 소리였다. 용비를 비롯한 네 친구는 차라리 죽이라면서 한 푼도 줄 수 없다고 끝까지 버텼다.

용비 등의 시퍼런 서슬 때문이었을까. 그달에 소선개는 보호비를 받지 못하고 발길을 돌렸다.

그래서 용비 등은 그것으로 다시는 소선개가 나타나지 않을 것이라고 생각했다.

그런데 그다음 달에 소선개는 또다시 사우당에 모습을 드러냈다.

그달 사우당의 총수입은 은자 육십칠 냥이었는데 소선개는 그중에서 이십 냥과 전달에 받지 않은 열 냥을 합쳐서 도합 삼십 냥을 내놓으라고 했다. 마치 빌려준 돈을 받으러 온 것처럼 당당했다.

그러나 용비 등은 절대로 줄 수 없다고 발악을 하면서 사생결단을 낼 듯 버텼다.

그들이 번 피 같은 돈이다. 아니, 그들에게 있어서 돈이란 피보다 더 소중했다.

철이 들기도 전부터 가난이 무엇인지 뼛속 깊이 절절하게 경험해야 했던 그들에게 돈은 그저 돈이 아니다. 그들에게 있어서 가장 중요한 것은 우정이고, 그다음이 돈이며, 세 번째가 목숨이다. 그 정도인 것이다.

소선개도 그냥 순순히 물러가지 않았다. 그는 자신이 이끌고 온 개방제자들을 시켜서 용비와 친구들을 죽지 않을 만큼 두들겨 패라고 지시했다.

원래 매에는 장사가 없다는 만고불변의 진리를 사우당에게 써먹으려는 것이다.

용비 등이 무차별로 얻어터지며 피투성이가 되는 동안 소선개는 의자에 앉아서 콧노래를 부르며 표주박의 술을 찔끔 거리면서 마셨다.

사우당에는 여자가 한 명 있는데 동갑내기 소녀 요조(窈窕) 가 그녀다.

그녀는 병든 홀아버지와 단둘이 살고 있다. 그런데 개방제 자들은 그녀조차도 여자라고 봐주지 않고 용비 등과 똑같이 흠씬 두들겨 팼다.

그렇지만 용비 등은 가만히 앉은 채 당하지는 않았다. 용비 는 수중의 못을 모조리 던져내서 개방제자 몇 명을 맞혔고, 천추문에서 배운 권각술 오룡십이술을 발휘하여 결사적으로 반격했다.

나머지 세 명 현도와 낙혼, 요조도 두들겨 맞으면서 죽을힘 을 다해서 맞서 싸웠다.

그들은 정식으로 무술을 배운 적은 없으나 어릴 때부터 거 친 시장 바닥에서 아귀다툼을 하며 잔뼈가 굵었기 때문에 싸 움질과 악다구니는 이력이 났다.

그렇다고 해도 용비 등이 무림 구파일방의 하나인 개방의 정식 제자들을 당해낼 수는 없는 노릇이다.

소선개가 데리고 온 자들은 세 명이었는데 하나같이 삼결 제자였다.

그 정도면 천추문의 삼대제자하고 같은 수준이다. 즉, 고수라고 불릴 만하다는 뜻이다.

얻어맞는 동안 이따금씩 소선개는 보호비를 내겠느냐고 이죽거리면서 물었으나 그때마다 용비 등은 차라리 죽이라고 악을 썼다.

결과적으로 용비 등은 일어서지도 못할 만큼 초주검이 되어 혼절해 버렸다.

보통 이 정도 혼쭐을 내면, 아니, 이런 상황이 초래되기도 전에 상인들은 알아서 보호비를 바쳤는데, 사우당에게는 전혀 통하지 않았다. 한마디로 이놈들은 독종 중에서도 독종이었다.

소선개는 더 이상 어떻게 해볼 수 없었다. 소란을 듣고 주변의 많은 상인이 사우당으로 몰려와서 지켜보고 있었기 때문이다.

화영로 상인들은 끝까지 보호비를 주지 않겠다고 악착같이 버티는 사우당을 보면서 한결같이 장하다고, 부디 끝까지 견디라면서 마음속으로 무언의 응원을 보냈다.

소선개는 사우당의 일이 커지는 것을 절대로 원하지 않았다. 명문 정파인 개방제자들이 거리의 상인들에게 보호비를 뜯어낸다는 소문이 퍼지고 표면적으로 드러나게 되면 이로울 게 하나도 없기 때문이다.

그래서 그날 그는 그 정도로 끝내고는 개방제자들을 이끌고 물러갔다.

그러나 소선개는 사우당을 포기한 것이 아니었다. 그가 사우당에 찾아오는 횟수가 많아질수록 이제 더 이상 보호비에 대한 문제가 아니게 되었다.

사우당이 보호비를 내지 않겠다고 버티니까 화영로의 상인들 중에서 하나둘씩 소선개에게 저항하는 사람들이 나타나기 시작한 것이다.

소선개로서는 사우당에게 보호비를 내라고 윽박지른 것이 벌집을 건드린 꼴이 되고 말았다.

그래서 이제는 사우당을 봐주려야 봐줄 수도 없는 상황이 돼버리고 말았다.

만약 사우당 하나를 봐주게 되면 화영로의 상인 모두를 봐줘야만 할 것이고, 그렇게 되면 보호비를 거두는 것도 끝장이기 때문이다.

소선개는 기대고 있던 주루 벽에서 어깨를 떼며 벙글벙글 웃었다.

"하하! 긴 얘기 하지 않겠다."

용비와 현도는 나란히 서서 싸늘한 표정으로 소선개를 쏘아보았다.

소선개는 움찔했다. 개방의 분타주 아래 조장쯤 되면 사결제자(四結弟子)이며 그 정도면 무림에서 일류고수 소리를 듣고도 남는다.

그런데 소선개는 싸늘한 표정을 지으며 쏘아보는 용비를 보는 순간 자신도 모르게 오싹함을 느끼며 심장이 오그라든 것이다.

'용비 이 자식만 보면 기분이 더러워진다니까.'

소선개는 속으로 투덜거리면서도 겉으로는 벙글거리며 말을 이었다.

"너희들 혹시 요조라는 계집을 아느냐?"

모를 리가 없다. 사우당 네 친구 중 유일한 홍일점이 요조다. 순간적으로 용비와 현도는 불길한 예감이 들었다.

"그 계집을 내가 데리고 있으니까 찾고 싶으면 반년 치 보호비 은자 육백 냥을 갖고 와라."

"이 새끼!"

용비와 현도의 불길함은 적중했다. 소선개의 말이 끝나기가 무섭게 용비의 손이 휘둘러졌고, 두 개의 못이 어둠을 가르며 소선개에게 쏘아갔다.

그러나 소선개는 상체를 슬쩍 비틀어서 못을 가볍게 피하고는 번개같이 앞으로 튀어나오며 오른발을 뻗었다.

퍽!

"끅!"

소선개의 오른발 발끝이 용비의 명치에 꽂혔다. 그는 허공을 붕 날아가서 삼 장 밖 관도에 아무렇게나 패대기쳐졌다.

"끄으으… 끅……."

그런데 그는 엎어진 채 몸을 푸들푸들 떨면서 고통에 겨운 신음 소리를 흘려냈다.

방금 소선개의 발차기 일격에는 약간의 공력이 실려 있었다. 지금까지 그와 개방제자들이 사우당을 괴롭힐 때는 공력은 사용하지 않았다.

그것은 무림인이 일반 사람들에게 지켜야 할 마지막 예의나 배려 같은 것이었다.

하지만 소선개는 방금 그것을 무너뜨리면서 용비에 대한 증오를 드러냈다.

그만큼 용비와 사우당이 진저리쳐지도록 싫은 것이다. 하지만 용비나 그의 친구들을 죽일 생각은 추호도 없다. 죽이는 것은 소선개가 지는 것을 뜻한다. 어떻게 하든 사우당에서 보호비를 받는 것, 그것이야말로 소선개의 진정한 승리라고 할 수 있다.

방금 일격에 적중당한 용비는 숨을 쉴 수가 없었다. 가슴이 쪼개지는 것 같고 온몸의 혈맥이 터져 버릴 것만 같았다. 이런 고통은 태어나서 처음이다. 그는 눈을 허옇게 까뒤집은 채 숨을 쉬려고 애썼다.

그런데 도저히 숨을 쉴 수가 없다. 헛구역질을 하듯이 껙껙거리는 소리만 입에서, 아니, 목구멍에서 흘러나올 뿐이다.

"비야!"

용비의 모습이 이상했는지 현도가 달려와서 울부짖으며 그를 부축했다.

현도는 용비의 얼굴이 새하얗게 질렸으며 두 눈에서 눈동자가 사라진 것을 발견하고는 자지러졌다.

"비야! 정신 차려!"

용비는 몸을 부들부들 떨면서 뻣뻣해져 갔다. 그리고 목에서 그륵거리는 소리가 나면서 침이 흘러나왔다.

"비야!"

현도는 눈물을 쏟으면서 소리치며 용비를 흔들어댔다.

소선개는 그걸 보고 눈살을 찌푸렸다. 용비를 한번 혼내주려고 발길질에 공력을 실은 것이 까딱하다간 그를 죽이게 생겼다.

그래서 자기가 손을 써서 그가 숨을 쉴 수 있도록 해주려고 천천히 다가갔다.

용비는 의식이 흐려져 가고 있는 절박한 상황에서 불현듯 어떤 생각이 번쩍 뇌리를 스쳤다.

'심법을… 운기(運氣)해야 한다.'

그는 아스라이 흩어지고 있는 정신을 가까스로 가다듬으면서 마음속의 스승으로 여기고 있는 숙객당의 완사가 가르쳐 준 삼원심법(三垣心法)을 운기하기 시작했다.

완사는 까막눈인 용비에게 사 년 전부터 글과 의술, 심법을 가르쳐 주었다.

용비가 무공서를 해독하고 탁월한 의술을 지니게 된 것은 하나에서 열까지 스승 완사 덕분이다.

"하악!"

소선개가 다가와서 허리를 굽히려고 할 때 용비는 입을 크게 벌리며 길게 숨을 들이마셨다.

질식해서 죽을 것 같았는데 삼원심법을 운기하자마자 호흡이 터졌다.

이어서 그가 두어 차례 호흡을 하는 동안 원래의 혈색이 돌아왔고 떨리던 몸도 진정이 되었다.

"비야!"

현도는 기쁨의 눈물을 쏟으면서 안고 있는 용비의 뺨을 쓰다듬었다.

소선개는 다시 허리를 폈다. 그는 용비가 다시 숨을 쉬게 된 것이 운이 좋았다고만 여길 뿐이지 심법을 운기했을 것이라고는 전혀 생각하지 않았다.

그는 호흡이 정상으로 돌아오고 있는 용비를 남겨둔 채 항주 남문 쪽으로 휘청휘청 이상한 걸음걸이로 걸어가며 웃으면서 외쳤다.

"하하하! 딱 닷새 여유를 주마! 그 안에 은자 육백 냥을 갖고 와서 계집을 찾아가지 않는다면 창루(娼樓)에 팔아버릴 것이다!"

第五章　삼원심법(三垣心法)

萬
能
書
生

용비는 현도를 보내고 나서 집으로 들어섰다.

요조의 집에는 굳이 가볼 필요가 없다고 생각했다. 소선개가 거짓말로 협박할 이유가 없기 때문이다.

그래도 현도더러 요조네 집에 가보고 어떻게 된 일인지 알아보라고 했다. 또한, 요조 아버지가 아프기 때문에 조치를 좀 취해두라고도 부탁했다.

요조가 걱정되지 않는 것이 아니다. 서너 살 아주 어렸을 때부터 남매처럼 같이 자란 그녀다.

그녀가 소선개에게 납치됐다는 사실을 알고 난 이후부터

용비는 가슴에 커다란 구멍이 뻥 뚫린 것처럼 멍하고 막막한 심정이다.

그는 문소리를 내지 않으려고 조심하면서 집 안으로 들어가서 어머니의 방문을 살며시 열었다.

지독한 술 냄새가 확 끼쳐 왔다. 어머니는 오늘도 만취한 상태로 잠이 든 모양이다.

그가 가만히 안으로 들어서자 오십대 여인이 흐트러진 옷매무새로 침상 아래 바닥에 대자로 아무렇게나 누워서 코를 골며 자고 있다.

그는 여인을 안아서 침상에 눕히고는 옷매무새를 바로 해주고 잠시 물끄러미 굽어보다가 방을 나왔다.

방금 그 오십대 여인이 용비의 어머니 미령이다. 그녀는 줄곧 미령이라는 옛날 기녀 시절의 기명을 사용하고 있다.

그녀 말로는 본명이 기억나지 않는다고 했다. 하지만 용비 생각에 어머니는 기녀가 되기 이전의 기억을 일부러 되살리고 싶지 않으려는 것 같았다.

모르긴 해도 그 이전의 기억은 아마 고통스럽고 괴로운 것 투성이였을 터이다.

어머니 미령은 실제 사십삼 세지만 고생을 많이 하고 술에 절어서 나이보다 훨씬 늙어버렸다. 그런 어머니를 보면 용비는 언제나 가슴이 아렸다.

어머니가 운영하는 주루 미령루는 주방에서 일하는 여자 두 사람과 손님을 접대하는 점소이 두 명을 고용했기 때문에 어머니가 할 일은 나가는 손님에게 돈만 받으면 된다.

그런데도 어머니는 그것마저도 귀찮아한다. 그녀는 하루의 대부분을 손님과 함께 어울려서 웃고 떠들며 술을 마시는 것으로 보낸다.

다행히 손님들은 어머니하고 술을 마시는 것을 마다하지 않는다. 아니, 오히려 즐거워한다.

그녀는 비록 겉모습은 오십대로 보여도 기녀 체질이 몸에 배었기 때문에 기억을 더듬어 기녀 시절의 온갖 재주를 손님들에게 선보인다.

그녀는 과거의 기량을 한껏 뽐내서 좋고 손님들은 즐거워서 좋아한다.

어머니는 술을 마시면서 남자 손님에게 기대고 안기며 과거 잘나가던 시절에 심취하여 그때만큼은 자신이 불행한 여자라는 사실을 잠시나마 잊어버리는 것 같았다.

손님들이 어머니하고 합석을 하는 것을 마다하지 않는 이유가 따로 있다.

돈을 내지 않아도 되기 때문이다. 기분이 한껏 고조된 어머니는 손님이 돈을 내려고 하면 오히려 등을 떠밀면서 내쫓기 일쑤다.

그래서 미령루는 그저 어머니의 놀이터로서 현상 유지만 하면 용비로선 더 이상 바랄 것이 없다.

용비는 자신의 방으로 들어섰다. 정면에 평범한 침상이 하나 있으며, 한쪽 벽면에 세워진 서가에는 수백 권의 책자가 빼곡하게 꽂혀 있다.

마음의 스승 완사가 구해서 읽으라고 제목을 알려준 책자들이다. 대부분의 책자는 매우 구하기가 어려웠다. 그래서 고서점에 선불과 웃돈을 얹어주고 따로 부탁을 해서 겨우 구한 귀한 책자들이다.

서가 반대편에는 환약이나 탕약을 만드는 데 필요한 기구들과 약재를 보관하는 수납장이 구비되어 있었다.

용비는 침상에 벌렁 누웠다. 내일 천추문에 출근하여 일을 하려면 잠시라도 눈을 붙여야 하는데 요조가 걱정돼서 도무지 잠이 오지 않았다.

'무공이 필요하다.'

그는 주먹을 움켜쥐며 속으로 중얼거렸다. 여태까지는 그런 생각이 들지 않았었는데, 올해 초부터 무공을 배워야겠다는 생각이 부쩍 자주 들었다.

소선개가 매달 사우당에 와서 보호비를 내놓으라고 행패를 부릴 때마다 그런 생각이 들었다.

그것만 아니면 무공 같은 것은 배울 필요가 없다. 그 시간에 한 푼이라도 돈을 더 버는 것이 상책이다.

하지만 아무리 돈이 많아도 힘이 없으면 다 뺏기고 만다는 사실을 소선개 때문에 깨달았다.

돈만이 아니다. 여차 해서 운이 나쁘면 더 억울한 일을 당할 수도 있을 것이다.

아까도 용비에게 무공이 있었다면 소선개의 발길질에 그렇게 호락호락 당하지 않았을 것이다.

용비는 무림에 대해서는 문외한이지만 개방이 명문정파라는 사실은 성내 하오문이나 건달들의 입을 통해 들어서 익히 알고 있다.

그런 명문정파의 제자인 소선개가 용비네 사우당을 비롯하여 항주 성내 화영로 사람들을 괴롭히는 것이 너무나 못마땅했다.

그런데 결국 소선개가 요조를 납치하면서까지 보호비를 받으려는 지경에 이르고 말았다.

"개새끼."

용비는 이를 갈면서 씹어뱉었다. 보호비를 내지 않으면 소선개는 요조를 창루에 팔고도 남을 놈이다.

용비에게 천추문 일대제자 정도의 무공만 있다면 당장 소선개를 때려죽일 것이다.

그는 날이 환하게 밝도록 소선개에게서 요조를 구해낼 방법을 궁리했으나 별무소득이었다.

요조는 필경 개방제자들이 지키고 있는 곳에 갇혀 있을 텐데 머리를 쓰는 것이라면 모를까 힘이라면 용비도 어찌해 볼 도리가 없다.

아침까지 뜬눈으로 하얗게 새운 용비는 분통이 터지는 일이지만 결국 소선개에게 보호비를 줄 수밖에 없다는 결론에 도달했다.

그런데 반년 치 보호비로 은자 육백 냥이라는 것은 지나치게 많다.

아니, 많은 정도가 아니다. 엄청난 액수다. 사우당이 지난 반년 동안 번 돈을 다 합쳐도 채 육백 냥이 되지 않는다. 소선개는 아예 등골을 빼먹으려는 것이다. 사우당 같은 것은 망해도 그만이라는 뜻이다.

그동안 소선개가 요구했던 보호비는 매월 은자 이삼십 냥 수준이었다. 그것을 반년 동안 합쳐도 많아야 백오십 냥 정도에 불과하다.

아마도 여러 가지 괘씸죄와 수고비가 적용되고 이자가 붙어서 은자 육백 냥으로 불어났을 것이다. 그것이 항주 화영로의 악당 소선개만의 계산법이다.

물론 용비는 은자 육백 냥 정도는 언제라도 융통할 만한 능력이 있다.

그는 집안 은밀한 곳에 돈을 숨겨두는 짓은 하지 않는다. 그는 돈이 모이는 대로 모두 항주 성내에서 가장 신용도가 높은 전장(錢場)에 차곡차곡 맡겨두었다.

전장에서는 그 돈을 필요한 사람들에게 빌려주고 이자를 받거나 이득이 있는 곳에 투자하여 이문을 챙긴다. 그 이자의 절반은 용비의 몫이다.

그것은 돈을 집안에 꼭꼭 감춰두는 것보다 훨씬 이득이다. 돈이 구르면서 새끼를 치는 것이다.

작년 말까지 번 돈은 어머니에게 주루와 이 집을 사드리고 사우당으로 사용할 집 한 채를 사느라 다 써버렸다.

그래서 올해 초부터 지금까지 번 돈은 약 은자 천오백 냥 정도다. 그의 피와 땀이 서려 있는 돈이다.

그는 세 가지 부업을 하고 있는데, 천추문에서 무공서를 해독해 주는 일과 사우당의 일, 그리고 환약을 만들어서 항주 성내 의원들에게 파는 일을 하고 있다. 요즘은 세 가지 부업 모두 탄력을 받아서 잘되고 있는 중이다.

셋 중에서 무공서 해독비가 제일 짭짤하고 두 번째 높은 수입은 환약 파는 일, 그리고 사우당 순서다. 사우당은 순전히 친구들을 먹고 살게 해주기 위해서 벌인 일이다.

그러므로 요조를 구하기 위해서 은자 육백 냥을 전장에서 찾는 일은 어렵지 않다.

아깝기는 하지만 돈이야 또 벌면 된다. 하지만 요조를 잃으면 다시는 구할 수가 없다. 은자 육백 냥과 요조를 비교할 수는 없다.

하지만 소선개에게 한 번 보호비를 주고 나면 앞으로도 계속 줘야 할 것이다.

뿐만 아니라 놈은 앞으로 턱없이 높은 보호비를 요구할 것이 분명하다. 요조의 몸값을 주는 것 자체가 약세를 보이는 것이기 때문이다.

"개새끼."

용비는 다시 한 번 어금니를 악물고 욕을 씹어뱉었다.

천추문 외겸인으로 돌아온 용비는 마당에서 가지런히 쪼갠 장작을 숙객당 주방 안으로 옮기는 일을 하고 있었다.

웃통을 벗은 그의 상체는 땀으로 번들거리면서 구릿빛으로 보기 좋게 그을렸으며 마른 듯한 체격에는 단단한 근육이 잘 발달되었다.

"귀야, 이거 마시고 해."

용비가 주방 구석에 장작을 쌓고 돌아서 나오는데 주방 내겸인 지연화가 철철 넘치는 물 한 그릇을 들고 와서 내밀며 미소 지었다.

그는 물그릇을 받아 묵묵히 단숨에 마셨다. 그는 원래 고맙다는 표현 같은 것은 잘 하지 않는 편이다.

더구나 지금은 머릿속에 요조와 소선개에 대한 생각이 가득 들어차 있어서 그 외는 성가실 뿐이다.

한여름 무더위에 힘든 일을 하느라 지쳐 있는 상태에서 한 그릇의 찬물은 더위를 식혀주었다.

그런데 찬 기운이 온몸에 퍼지는 것과 동시에 퍼뜩 생각나는 것이 있다.

'그렇다! 스승님께 의논을 해보자.'

한동안 만나지 못한 완사를 생각해 낸 것이다.

숙객당은 만(卍) 자 형태로 지어진 삼 층 건물이다.

네 가닥으로 구불구불 뻗어 나간 건물의 남쪽 끝에 주방이 있으며, 그다음이 식당과 편좌방(휴게실), 그리고 본채로 이어져 있다.

또한 북쪽은 연공실과 수련실 등으로 이루어졌고, 나머지가 숙객들이 머무는 공간인데 방이 백여 개쯤 된다.

이곳에 머무는 숙객들은 다들 해가 떠오르는 동쪽 방을 좋아하는데 완사는 반대로 서쪽을 좋아한다. 그래서 서쪽 삼 층 막다른 방에 묵고 있다.

숙객당에서 장기적으로 묵고 있는 사람은 열 명 정도다. 아니, 정확하게 열한 명이다.

장기적이라는 것은 짧게는 일 년에서 길게는 오 년 이상을 뜻한다.

용비가 숙객당 주방의 총책임자인 방 숙주(房熟主)에게 들은 바에 의하면 숙객당에서 가장 오래 묵고 있는 사람은 단연 완사라고 한다.

방 숙주가 숙객당 주방에 처음 들어온 것이 십오 년 전이었는데, 그때도 완사가 숙객당에 묵고 있었다는 것이다.

그쯤 되면 완사는 숙객당의 터줏대감이라고 할 수 있다. 천추문 문주와 가족들, 장로들, 그리고 몇몇 사범들을 제외하면 완사보다 더 오래 천추문에 머문 사람은 없다.

숙객당에 머물고 있는 숙객들은 알게 모르게 제자들을 거둔 경우가 더러 있는데 대부분 오래 머물고 있는 숙객들, 즉 장숙객(長宿客)들이다.

또한, 그런 일은 천추문에서도 알고도 모른 체 눈감아주고 있는 실정이다.

단, 숙객이 천추문 제자들을 제자로 거두는 일은 일체 금지되어 있다.

그래서 숙객들의 제자는 한결같이 천추문의 숙수나 하인, 하녀, 겸인들이 대부분이다.

숙객들의 신분은 가지각색이지만 근본도 없이 떠도는 인생들이 대부분이다.

그러므로 지니고 있는 무공이나 재주라는 것도 그다지 뛰어나지 않은 편이다.

하지만 제자가 된 사람이나 그러지 못한 사람들은 그런 무공이나 재주라도 배워서 인생을 바꿔보려고 숙객당 문턱이 닳도록 드나들고 있는 실정이다.

하지만 용비는 완사가 이곳에서 제자를 한 명도 거두지 않은 것으로 알고 있다.

다만 용비처럼 이따금씩 찾아와서 무언가를 배워가는 사람이 용비를 비롯해서 두 명 있는 것으로 아는데, 다른 한 명이 누군지 용비는 모르고 있다. 완사에게 묻지도 않았으며 그도 말해주지 않았다. 또한, 용비는 그 사람하고 마주친 적이 한 번도 없었다.

완사는 술을 좋아한다. 그래서 용비는 평소에 좋은 술을 구해놓았다가 그에게 가는 날 갖고 간다.

"한동안 찾아뵙지 못했습니다."

완사가 묵는 방에 들어선 용비는 우선 그를 향해서 공손히 큰절을 올렸다.

완사는 그림을 그리고 있는 중이어서 실내에는 묵향이 은은하게 흐르고 있었다.

한여름 대낮의 무더위 속에서도 방문과 창을 꼭꼭 닫은 채 그는 땀 한 방울 흘리지 않으면서 그림을 그리고 있다. 신기한 일이다.

완사는 아주 가끔 그림을 그린다. 얼마나 드문 일이냐 하면, 용비는 지금까지 그가 그림 그리는 것을 딱 한 번 본 적이 있다. 그리고 오늘로써 두 번째다.

완사는 용비에겐 눈길조차 주지 않고 바닥에 펼쳐 놓은 화선지에 느릿한 동작으로 그림을 그리고 있다.

지금 그가 한 치의 망설임도 없이 거침없이 슥슥 그리고 있는 그림은 산수화인데 매우 훌륭한, 아니, 그런 몇 마디 말로는 칭송이 부족할 정도로 대단한 솜씨다.

먼 배경으로 험준한 산세의 산악이 있으며 가파른 계곡에서는 옥구슬이 부서지는 듯한 폭포와 계류가 흐르고, 여기저기 기화이초가 흐드러지게 피었으며, 어느 웅장한 바위 위에 커다란 대호(大虎)가 우뚝 버티고 서 있는 광경이다.

완사가 지난번에 그린 그림의 배경은 천둥번개와 폭풍우가 휘몰아치는 바다였으며, 그곳에 한 마리 천룡이 승천하는 모습이 있었다. 용비는 그게 아마 작년 이맘때였던 것으로 기억하고 있다.

용비는 마음의 스승 완사의 옆모습을 물끄러미 바라보았다. 그림 그리기에 열중해 있는 완사는 사십오륙 세 정도의 나이지만 용비는 그의 정확한 나이를 모른다.

그런데 그는 사십오륙 세로 보이는 나이에 노인처럼 머리카락이 희끗희끗한 반백이었다.

그 나이에는 어울리지 않을 정도로 깨끗한 피부에 적당한 주름, 코밑과 입가에는 열흘쯤 면도를 하지 않은 것 같은 보기 좋은 적당한 짧은 수염이 자라나 있다.

용비는 무릎걸음으로 조심스럽게 다가가 완사 옆에서 그림을 바라보았다.

그런데 완사가 힐끗 쳐다보는 바람에 용비는 찔끔해서 급히 뒤로 물러났다.

완사의 그림 그리기는 반 시진쯤 후에 끝났다.

용비는 이곳에 오기 위해서 자신이 해야 할 일을 한꺼번에 몰아서 해두었기 때문에 퇴근 때까지는 주방에 돌아가지 않아도 된다.

용비는 가지고 온 술과 주방의 지연화가 정성껏 싸준 간단한 요리들을 조심스럽게 바닥에 차리고 완사에게 다섯 잔 거푸 술을 따랐다.

쪼르르.

"무슨 일이 있느냐?"

용비가 여섯 잔째 술을 따르고 있는데 그제야 완사가 나직한 목소리로 물었다.

소문에 의하면 그는 매우 과묵한 성격이라고 하는데 용비에겐 그러지 않았다. 하지만 꼭 필요한 말만 했다.

지금처럼 그는 말을 에둘러서 하는 것보다 단도직입적인 것을 좋아했다.

"사실은……."

용비는 어렵게 말문을 열고 자신이 고민하고 있는 소선개에 대해서 간략하지만 정확하게 설명을 했다.

어느새 술 한 병을 다 비우고 나서 완사는 젓가락으로 안주를 집어 천천히 씹고 있었다.

"그래서 너는 어떻게 하고 싶은 게냐?"

"그놈을 죽이고 싶습니다."

완사의 물음에 용비는 주먹을 불끈 쥐면서 속마음을 털어놓고는 제풀에 놀라서 움찔했다.

설명을 하다 보니까 감정이 너무 격해졌다. 그는 마음 한구석으로 완사를 아버지처럼 여기고 있다.

그래서 때로는 얼굴도 모르는 아버지에게 못해본 어리광 비슷한 것을 완사에게 조심스럽게 부려볼 때가 있는데, 방금 전과 같은 상황이 그렇다.

친아버지의 얼굴은커녕 이름조차 모르는 그는 자신에게 자상하게 대해주는 완사를 아버지처럼 여기는 일이 그다지 어렵지 않았다.

완사는 맞은편 벽을 물끄러미 바라보며 입안의 요리를 우물우물 씹었다.

"무공을 배우고 싶다는 것이냐?"

속마음을 간단하게 들켜 버리자 용비는 슬쩍 얼굴을 붉혔다. 그런 행동은 다른 사람에겐 어림도 없는 모습이다.

그러나 완사, 즉 아버지처럼 여기는 사람 앞에서는 여느 아들처럼 부끄러움마저 느꼈다.

"그렇습니다만 저 같은 놈이……."

용비는 말끝을 흐리며 씁쓸한 표정을 지었다. 감정이 앞서서 말을 뱉기는 했으나, 자기 같은 놈이 도대체 어디에서 무공을 배울 것이며, 또 소선개를 때려죽일 만한 실력을 어느 세월에 키울 것인가 하는 생각이 든 것이다. 거기에 생각이 미치자 조금 전의 격해졌던 감정이 씻은 듯이 사라지고 기분이 우울해졌다.

"내가 제일 후회하는 것이 무엇인지 아느냐?"

그런데 완사가 밑도 끝도 없이 불쑥 물었다.

"무엇입니까?"

"무언가 하고 싶을 때 하지 않았던 것, 꾹꾹 참았던 것을 모두 후회한다."

"아……."

그 말은 완사의 인생에서 매우 중요한 의미를 지니고 있다.

그러나 용비에겐 하나의 깨달음으로 다가왔다.

"너는 나처럼 살지 마라."

그 말은 '너는 하고 싶은 것을 하고 살아라' 라는 뜻으로 들려서 용비는 온몸에 소름이 쫙 돋았다.

그러나 이 순간에 왜 소름이 돋았는지는 꽤 오랜 세월이 흘러서야 깨닫게 되었다.

"내가 가르쳐 준 심법은 계속 수련하고 있느냐?"

"네."

용비는 정말 지난 사 년 동안 틈만 나면, 아니, 일부러 시간을 만들어서라도 삼원심법을 연마했다.

그는 삼원심법이 무엇인지 모른다. 완사가 그것을 꾸준히 연마하면 몸이 튼튼해질 것이라고 말해서 그런 줄로만 알고 있다.

그런데 실제로 삼원심법을 연마한 이후부터 그는 감기 한 번 걸린 적이 없다.

뿐만 아니라 아무리 힘든 일을 해도, 먼 길을 쉬지 않고 전속력으로 달려도 지치지 않았다.

예전에 비해서 몸이 매우 가뿐해졌으며 힘도 세졌다. 그 외에도 좋은 점이 한두 가지가 아니다.

"따라 나와라."

그 말을 남기고 완사는 벌떡 일어나서 밖으로 나갔다.

완사는 웬만해서는 숙객당 밖으로 나가는 일이 거의 없다. 산책을 해도 숙객당 안의 아담한 정원을 오락가락하는 정도가 전부였다.

오죽하면 한여름 대낮에 방문과 창을 열지도 않고 방에 틀어박혀 있겠는가.

그런 완사가 오늘 용비를 위해서 밖으로 나왔다. 그것도 숙객당 마당이 아닌 바깥의 인공 숲 속으로 말이다. 물론 용비는 완사와 함께 숙객당 밖으로 나와본 것이 오늘 처음 있는 일이다.

용비는 완사가 그러는 것이 자기 때문이라는 것을 깨닫고 미안한 마음과 감사한 마음이 교차했다.

완사는 묵묵히 인공 숲 속으로 깊숙이 들어갔으며 용비는 그 뒤를 따랐다.

사람들이 왕래하는 숲 바깥쪽에서 조금도 들여다보이지 않는 안쪽 깊숙한 곳에 이르러서야 완사는 걸음을 멈추고 돌아섰다.

인공 숲이라고는 하지만 나무들이 빽빽하고 나무마다 나뭇잎이 가득 매달려서 꽤나 울창한 느낌을 주었다.

완사는 뒷짐을 지고 자신과 키가 비슷하지만 체구가 훨씬 호리호리한 용비를 바라보며 조용히 말문을 열었다.

"삼원(三垣)이 무엇이냐?"

뜬금없는 질문이다. 삼원심법의 삼원을 묻는 것이다. 완사는 사 년 전에 그것을 가르쳐 줄 때 한 번 설명해 준 적이 있는데 그것을 설명해 보라는 것이다.

그러나 용비는 마치 그렇게 물을 줄 알고 미리 만반의 준비를 하고 있었다는 듯 입을 열었다.

"삼원이라 함은 '세 개의 울타리'라는 뜻으로, 태미원(太微垣), 자미원(紫微垣), 천시원(天市垣)을 가리키고, 동서남북 각 방향에 칠수(七宿)씩 이십팔수(二十八宿)를 이루고 있습니다. 또한, 이십팔수는 하늘의 황도(黃道)와 천구(天球)의 적도(赤道) 주변에 위치한 이십팔 개의 별자리를 말합니다. 하늘은 세 개의 담인 삼원과 이십팔 개의 영역으로 구분되고, 동서남북 사방신(四方神)이 일곱 개씩의 별자리를 주관합니다. 즉, 동방은 청룡(青龍), 북방은 현무(玄武), 남방은 주작(朱雀), 서방 백호(白虎)입니다. 그리하여 천공 이십팔수의 별자리를 인체의 수많은 혈맥 중에서 이십팔수와 상통하는 이십팔대혈맥(二十八大血脈)을 지정하여 운공조식을 하는 것이 바로 삼원심법의 요지입니다."

용비는 청산유수로 추호의 막힘도 없이 줄줄 긴 설명을 읊조리고 나서는 공손히 두 손을 앞에 모으고 허리를 굽혔다가 폈다.

용비를 바라보는 완사의 눈이 짧은 순간 약간 빛나는 듯하다가 곧 평소의 맑은 눈빛으로 돌아갔다.

방금 용비가 읊은 삼원심법의 요지는 사 년 전 완사가 들려주었던 말에서 토씨 하나 틀리지 않은 것이었다.

"흠. 선 채로 삼원심법을 운공해 보아라."

"네."

완사의 지시에 용비는 즉시 삼원심법을 운공하기 시작했다. 단전에서 기운을 일으켜서 사방신의 최초인 청룡에 속한 일곱 개의 혈맥, 즉 칠대혈맥(七大血脈)으로 보내 주천(周天)시켰다.

"그만."

다음 단계 백호로 넘어가려던 용비는 완사의 지시에 약간 당황했으나 즉시 멈추었다.

지금처럼 운공을 시작했다가 첫 단계에서 멈췄던 적은 한 번도 없다.

하지만 이럴 경우에는 운공이 시작하자마자 첫 단계에서 중단되는 것이라고 짐작했다.

"방금 일으켰던 기운이 지금 어디에 있느냐?"

"사라졌습니다."

용비는 운공을 중도에서 멈췄으니까 일으켰던 기운이 당연히 사라졌을 것이라고 생각하고 그렇게 대답했다.

"확인해 봐라."

용비는 의아한 표정을 지으며 완사를 쳐다보았다. 하지만 그가 그렇게 지시할 때에는 반드시 무슨 이유가 있을 것이라고 생각했다.

하지만 방금 일으켰던 기운이 아직 체내에 존재하는지 사라졌는지, 있다면 어디에 있는지를 어떤 방법으로 확인하는지를 알 수가 없었다.

지금껏 이런 경우가 한 번도 없었기 때문에 어떻게 해야 하는지 조금 당황스러웠다.

용비가 온실에서 곱게 자란 화초였다면 이쯤에서 포기하고 완사에게 가르쳐달라고 했을지도 모른다.

하지만 그는 거친 황야에서 마구 짓밟히면서 태풍과 눈보라조차 이겨낸 야생화, 아니, 들풀이다.

'청룡 칠대혈맥에 방금 진에 일으킨 기운이 남아 있는지의 유무를 알아보기 위해서 삼원심법을 운공한다면, 다시 청룡 칠대혈맥부터 운공이 시작될 것이기 때문에 설혹 먼젓번의 기운이 남아 있다손 치더라도 새로 일으킨 기운과 뒤섞여 버려서 확인할 길이 없다.'

그렇게 되면 확인 불가다. 그러므로 다른 방법을 생각해 내야 한다.

'혹시 그렇게 해보면?'

번쩍 그의 뇌리에 떠오르는 것이 있다.

'해보자.'

그는 약간 긴장한 표정으로 조심스럽게 삼원심법을 운공하기 시작했다.

하지만 이번에는 첫 번째 순서인 청룡 칠대혈맥을 건너뛰고 두 번째인 백호 칠대혈맥부터 운공을 시작했다. 그것이 그가 생각해 낸 방법이다. 그리고 처음 시도해 보는 것이다.

모든 것에는 순서가 있는 법인데, 첫 번째를 건너뛰고 두 번째 단계부터 시작될 리가 없다.

하지만 그게 가능하다면 이 방법은 성공이다. 또한, 이후 이 방법과 연관해서 여러 가지를 깨닫게 될 것이다.

'된다!'

그런데 용비가 갑자기 흥분했다. 청룡을 건너뛰고 백호를 시작으로 운공을 했는데도 기운이 모이고 있는 것이다. 물론 백호 칠대혈맥에 응집되는 것이다.

그런데 그때 그는 청룡 칠대혈맥에 있는 모종의 기운이 갑자기 백호 칠대혈맥 쪽으로 넘실거리면서 이동하려는 것을 감지했다.

처음에 운공을 하다가 멈췄을 때 청룡 칠대혈맥에서 생성됐던 기운이다.

그로써 그곳에 기운이 남아 있다는 사실은 확인이 되었다.

그러나 문제는 청룡과 백호의 기운이 서로 합쳐지려고 한다는 사실이다.

"막아라."

완사의 조용한 목소리가 용비의 고막을 두드렸다. 그는 용비의 체내에서 일어나는 일을 손바닥을 들여다보듯이 훤하게 알고 있다.

용비는 완사가 '막아라'라고 말하기 전까지는 어떻게 해야 할지 몰라서 당황했다.

그러나 그의 말을 듣는 순간 머릿속이 뻥 뚫리면서 즉시 청룡에서 백호로 넘어가는 혈맥을 닫고, 이어서 백호와 주작을 연결하는 혈맥까지 닫아버렸다. 처음부터 그렇게 하는 것을 알고 있었던 것처럼 신속한 대처였다.

그렇게 하자 청룡과 백호에 각각 두 개의 기운이 갇혀서 존재하게 되었다.

'됐… 다!'

신기한 일이다. 이런 것이 가능할 것이라고는 한 번도 상상해 본 적이 없다.

용비는 두 팔을 아래로 쭉 뻗고 어정쩡한 자세로 서서 완사를 쳐다보았다.

'됐습니다'라고 말하고 싶은데 입을 여는 순간 청룡과 백호의 기운이 흐트러지거나 사라질 것만 같았다.

완사는 산책을 나온 듯 한가한 모습으로 말했다.

"청룡공(靑龍功)은 오른팔에, 백호공(白虎功)은 왼팔로 이동시켜라."

'에?'

용비는 멍해졌다. 갈수록 점입가경이다. 완사의 지시가 조금 전에 지시한 것보다 더 어려운 것 같다는 생각이 들었기 때문이다.

삼원심법은 처음에 단전에서 기운을 일으켜 사방신, 즉 청룡과 백호, 주작, 현무의 순서대로 각 칠대혈맥, 도합 이십팔 혈맥을 한 바퀴 주천시킨 후 태미원, 자미원, 천시원 삼원의 이십팔 혈맥, 도합 팔십사 혈맥으로 보낸다.

그러면 처음에는 미미했던 기운이 삼원을 돌고 난 후에는 파도처럼 거세져서 온몸의 내장과 장기, 뼈, 살 등으로 퍼져나가는 것이다.

그래서 용비는 삼원심법을 배운 이후에 아픈 적도 없으며 지칠 줄 모르는 체력을 지니게 됐다.

삼원심법은 그런 순서에 입각해서 운공을 하는데, 완사의 지시에 따르자면 그 순서를 완전히 무시하라는 것이다.

그러나 그가 되지도 않는 것을 하라고 지시할 리는 없을 것이라고 용비는 판단했다.

완사는 처음에 용비를 만났을 때부터 이런 식이었다. 삼원심법이나 의술, 잡학 등을 가르칠 때도 무엇을 하라고 지시만 했지 어떻게 하라고 방법을 가르쳐 주지는 않았다.

그래서 용비는 무엇을 하든지 몇 배나 어려웠으며 더 오래 걸렸다.

하지만 그렇게 함으로써 얻어진 것이 매우 많았다. 그중에서 가장 중요한 세 가지는, 하면 된다는 자신감과 이것저것 머리를 써서 생각하고 궁리, 학습하는 습관이 생기고 훈련을 쌓았다는 것, 그렇게 해서 터득한 것은 이후 절대로 잊어버리지 않는다는 사실이었다.

완사가 방금 말한 청룡공과 백호공은 생소한 말이지만, 아마도 청룡과 백호의 칠대혈맥에 저장된 기운을 그렇게 말하는 것 같았다.

용비는 자신이 지난 사 년 동안 훈련해 왔던 것처럼 지금도 부딪쳐서 터득하려고 시도했다.

'운공을 시작하면 청룡의 기운이 백호로 가고 그다음에는 주작, 현무로 가는데, 그것을 두 팔로 보내라는 것은 순서를 역행(逆行)하는 것이다. 아니, 순서고 역행이고 없는 뒤죽박죽이 돼버린다. 심법 구결에 따르지 않고 내 마음대로 하는 것이 과연 가능한가?'

갑자기 암담해졌다. 이건 아예 길이 보이지 않았다. 완사를 쳐다보니 그는 주변을 서성거리면서 나무와 바위 따위를 한가하게 구경하고 있다.

여기까지 데려왔으면서도 아예 용비를 도와줄 생각 같은 것은 전혀 없는 게 분명하다.

'음! 애초에 삼원심법에는 존재하지도 않는 순서를 억지로 새로 만들 수도 없는 노릇이고……'

내심 그렇게 중얼거리던 용비는 고개를 갸웃거렸다.

'원래 삼원심법이라는 것이 만들어지기 전에는 '삼원심법의 순서' 같은 것은 없었을 것이 아닌가!'

작은 깨우침이다. 그것은 큰 깨우침이 되고 하나의 깨우침은 둘로 뻗어 나갔다. 그는 자신의 몸을 내려다보았다.

'내가 삼원심법을 배우기 전에 이것은 단지 하나의 몸뚱이였다. 그리고 이 안에는 수많은 크고 작은 혈맥들이 온몸으로 연결되어 있다. 거기에 삼원심법을 배운 후에 하나의 길이 만들어졌을 뿐이다. 만약 다른 심법을 배웠다면 다른 길이 생겼겠지.'

그는 크게 고개를 끄덕였다.

'그러므로 길은 만들면 되는 것이다. 좋다! 내가 새로운 길을 만들어보자!'

그는 완사에게 의술에 대해서 배웠기 때문에 신체 구조나 혈도에 대해서는 환하게 꿰고 있다.

고개를 숙이고 약 열 호흡 동안 궁리하던 그는 전혀 다른 부위에 있던 청룡공과 백호공을 두 팔로 이동시키는 데 마침내 성공했다.

그런데 완사는 청룡공을 오른팔로, 백호공을 왼팔로 이동시키라고 지시했는데 그 반대가 돼버렸다. 기운을 이동시키는 것에만 골몰하느라 뒤바뀐 것이다.

"저……."

"이 앞에 서라."

용비가 잘못된 것을 말하려는데 완사가 한 그루 나무를 가리켰다.

용비가 한 아름쯤 되는 제법 굵직한 나무 앞에 서자 완사는 뒷짐 진 채 말했다.

"조금 전에 청룡공을 왼팔로, 백호공을 오른팔로 이동시킨 방법을 다시 사용하는 것이다."

완사는 용비가 청룡공과 백호공을 반대로 이동했다는 사실을 이미 알고 있었다.

"오른손 주먹으로 이 나무를 가격하면서 백호공을 주먹을 통해서 발출해라."

"그게 무슨……."

상황이 용비가 전혀 예상하지 못했던 이상한 방향으로 흘러가고 있었다.

심법으로 만들어낸, 그리고 단지 체내에만 존재하는 기운을 어떻게 주먹을 통해서 몸 밖으로 발출할 수가 있다는 것인지 이해가 되지 않았다.

그렇지만 용비는 그것이 가능할지도 모른다고 생각했다. 백호공이 밖으로 뿜어질지 어떨지는 장담할 수 없지만, 주먹을 통해서 발출할 수는 있을 것이다.

"후우……."

그는 나무 앞에 어정쩡한 자세로 서서 길게 숨을 들이마시고 나서 오른팔에 있는 백호공을 주먹을 통해서 뿜어내면서 주먹으로 힘차게 나무를 가격했다.

빽!

둔탁한 음향이 터지는 순간 용비는 아차 싶었다. 너무 세게 친 것이다. 맨주먹으로 힘껏 나무를 가격했으니 주먹이 작살 날 것이라는 생각이 들었다.

우지직!

그런데 다음 순간 용비는 눈앞에서 벌어지고 있는 광경 때문에 소스라치게 놀라 자신의 눈을 의심했다.

그의 두 팔로 감았을 때 한 아름은 족히 될 만큼 굵은 나무가 부러져서 뒤로 넘어가고 있는 것이다. 더구나 부러진 부위에는 그의 오른 주먹이 닿아 있다. 그것은 그의 주먹에 적중돼서 나무가 부러졌다는 뜻이다.

"이, 이게 도대체……."

그는 놀라서 급히 주먹을 거두며 뒤로 한 걸음 물러섰다.

그때 그는 또 한 가지 사실을 발견했다. 주먹에 적중되어 부러지고 있는 나무의 부위가 불에 탄 것처럼 거멓게 그을려 있는 것이다.

뿐만 아니라 그의 주먹에도 거먼 그을음이 시커멓게 묻어 있었다. 자세히 확인해 보니까 불이 났을 때 생기는 그을음이 분명했다.

"어떻게 된 거지?"

그는 지금 눈앞에서 벌어진 광경이 조금도 믿어지지 않았다. 그래서 자기가 꿈을 꾸고 있는 것이라고 생각했다. 이날까지 별로 놀라본 적이 없는 그이지만, 지금은 평생 놀랄 것을 한꺼번에 다 놀라고 있는 중이다.

그는 설마 자신의 주먹에 적중돼서 아름드리나무가 단번에 부러졌을 것이라고는 전혀 생각하지 않았다. 그럴 리가 없는 것은 물론 그런 가능성조차도 없기 때문이다.

그는 놀란 얼굴로 완사를 쳐다보았다. 그가 뭔가 어떻게 했을지도 모른다는 생각에서다.

하지만 완사는 용비 왼쪽 옆에서 뒷짐을 지고 서서 구경하고 있을 뿐이다.

그것은 절대로 주먹을 뻗은 자세가 아니고, 또 각도상으로도 그가 있는 곳에서는 지금 부러지고 있는 나무의 적중 부위를 맞히지 못한다.

결국, 그것은 방금 용비가 내뻗은 주먹에 나무가 부러졌다는 것을 뜻하는 것이다.

'설마 백호공이?'

멍한 표정을 짓고 있던 용비의 뇌리를 번쩍 스치고 지나가는 것이 있었다.

그가 쳐다보자 완사는 엷은 미소를 지으면서 가볍게 고개를 끄덕였다.

"그래, 이것이 백호공의 위력이다."

완사는 절반쯤 부러지다가 멈춘 나무를 전혀 힘을 쓰지 않고 가볍게 일으켜서 똑바로 세우더니 부러진 부위를 손으로 어루만졌다.

아무렇지도 않은 동작이고 그가 어루만진 후에도 나무에는 그을음과 부러진 흔적이 뚜렷이 남아 있어서 용비는 대수롭지 않게 생각했다.

완사는 뒷짐을 지고 인공 숲을 걸어나가기 시작했다.

"이제 그만 가봐라."

이제 원하는 것을 얻었으니까 소선개를 죽이든 살리든 그만 가보라는 뜻이다.

아직도 충격에서 헤어나지 못한 용비는 비척비척 완소를 따라 나가다가 인공 숲을 벗어나기 직전에 어눌한 목소리로 그를 불렀다.

"어르신……."

완사는 걸음을 멈추더니 천천히 돌아섰다.

용비는 그의 표정이 평소와는 달리 엄숙한 것 같아서 움찔하며 자세를 바로잡고 고개를 숙였다.

용비의 머리 위로 완사의 조용하지만 묵직한 목소리가 흘러내렸다.

"아직도 나를 그렇게 부르느냐?"

"……."

용비는 고개를 들고 완사를 바라보면서 어리둥절한 표정을 지었다. 순간적으로 그의 말이 무슨 뜻인지 이해하지 못했기 때문이다.

용비는 조금 전에 주먹으로 아름드리나무를 부러뜨린 일 때문에 아직도 정신을 수습하지 못하고 있는 상황이다.

그러다가 갑자기 번쩍 정신이 들었다. 방금 완사의 말은 자기를 '어르신'이라고 부르지 말라는 뜻이다.

그 말이 무슨 의미인지 용비가 아무리 정신이 없어도 알아듣지 못할 리가 없다. 이제는 사부라고 불러야 할 때가 아니냐는 의미다.

너무 놀라고 감격한 용비는 불에 덴 것처럼 펄쩍 뛰어올랐다가 그 자리에 엎어지듯이 완사에게 무릎을 꿇고 큰절을 올렸다.

"사, 사부님."

그의 목소리가 가늘게 떨렸다. 하지만 목소리보다 심장이, 그리고 그보다는 온몸이 더 떨렸다.

그는 이마를 바닥에 대고 울음을 간신히 참으면서 최대한 공손히 말문을 열었다.

"제자 용비, 사부님께 인사드립니다."

그리고는 일어나서 제자가 최초로 사부를 영접하는 구배지례, 즉 아홉 번 절을 올렸다.

그러는 동안에 그의 눈에서는 쉴 새 없이 눈물이 철철 흘러넘쳤다.

왜 하필이면 지금처럼 기쁜 이 순간에 지난날의 온갖 서러웠던 기억이 한꺼번에 머릿속에서 피어나는 것인지 모를 일이다.

아비 없는 자식, 기녀의 자식, 가난뱅이라고 손가락질을 받고 별것도 아닌 일 때문에 걸핏하면 두들겨 맞았던 질곡과 핍박의 기억들이 와르르 떠올랐다.

아무리 슬퍼도, 고통스러워도 절대로 울지 않았는데 지금 사부에게 절을 올리고 있는 동안 봇물 터진 둑처럼 울음이 그치지 않았다.

'바보 같은 놈! 사부님 앞에서……'

스스로 엄하게 꾸짖는데도 그럴수록 더 서러움이 북받치고 눈물이 쏟아졌다.

완사는 그런 용비를 말없이 물끄러미 굽어보기만 했다.

이윽고 사도지례가 끝나고 용비는 무릎을 꿇은 채 고개를 푹 숙이고 있었다.

눈물에 콧물까지 흘러서 차마 부끄러워 완사, 아니, 사부를 쳐다볼 수가 없기 때문이다.

완사는 그런 용비를 굽어보며 빙그레 미소 지었다.

第六章 여자 친구

용비는 신바람이 났다.

세상에 태어나서 오늘처럼 기분이 좋았던 적은 단 한 번도 없었다.

아니, 기분이 좋은 것을 넘어서 행복했다. 이게 꿈이 아닐까 여겨질 정도다.

그는 오늘부터 사부를 모시게 되었다. 하지만 대부분의 제자가 여기는 그런 일반적인 의미의 사부가 아니다.

그의 사부라는 의미는 그보다 백배 천배는 더 크고 복합적인 의미를 지니고 있다.

사부이며 아버지, 그리고 조언자이고 대선배 같은 그런 모든 것을 한꺼번에 지니고 있는 존재가 바로 완사다.

지금까지 용비는 사부 완사가 무림인일 것이라고는 조금도 생각하지 않았다.

그가 삼원심법을 가르쳐 주었어도 단지 그것이 건강에 도움이 되는 비법 같은 것으로만 여겼다.

세상에서는 무림인들만 심법을 익히는 것이 아니다. 온갖 종류의 사람들이 건강이나 각자의 목적을 위해서 심법을 수련하는데 심지어 규중의 부녀자들까지도 익히고 있다.

그런데 오늘 완사가 용비로 하여금 삼원심법의 백호공을 사용해서 아름드리나무를 일격에 부러뜨리게 했다.

그것을 직접 자기 주먹으로 실행한 용비의 견해로 그것은 무공이 틀림없었다.

심법으로 생성시킨 눈에 보이지 않는 무형의 기운, 즉 내력(內力)을 주먹으로 발출하여 아름드리나무를 단번에 부러뜨릴 정도라면 평범한 무공이 아니라 내가기공(內家氣功), 혹은 내가중수법(內家重手法)이라고 할 수 있다.

용비는 천추문 제자들의 무공서를 꽤 많이 해독해 주었으나 검법이 대부분이었으며 더러 권각법이나 경공 같은 것이 있었을 뿐 내가기공은 하나도 없었다.

그것은 천추문의 제자들에게도 내가기공은 수준 높은 상

승 무공이라서 아직 배우지 못하고 있다는 뜻이다.

인공 숲에서의 아름드리나무 격파 사건 이후에 용비의 생각이 많이 바뀌었다.

어쩌면 사부가 무림인일지도 모른다는 생각이다. 하지만 거기에 대해서는 깊이 생각하지 않기로 했다.

지난 사 년 동안 용비는 사부가 대단히 박학다식한 대학사이거나 아니면 불세출의 의원일 것이라고 생각했다. 사부가 용비에게 가르쳐 준 것들이 방대한 분량의 지식과 놀라운 의술이었기 때문이다.

그런데 오늘 인공 숲 속에서 있었던 일 때문에 그는 사부가 앞으로 자신에게 무공을 가르쳐 줄지도 모른다는 기대를 하게 되었다.

아니, 사부가 아무것도 가르쳐 주지 않아도 상관없다. 그저 언제까지나 떠나지 않고 이대로만 함께 계셔준다면 용비는 정성을 다해서 모시고 싶을 뿐이다.

천추문을 나선 용비는 성내 번화가로 향하고 있었다. 조금 전에 그는 이대제자 염상웅에게 해주고 있던 낙영팔검보의 해독을 완전히 끝냈다.

염상웅은 그다지 좋은 두뇌를 갖고 있지 않았으나, 용비가 낙영팔검의 해독을 너무 쉽게 설명해 준 덕분에 오늘 끝낼 수 있었다.

염상웅은 그동안 난공불락처럼 여겼던 낙영팔검을 자신이 완벽하게 이해했다는 믿기 어려운 사실 때문에 매우 기분이 좋아서 원래 용비에게 약속했던 해독비 은자 천 냥에 백 냥의 수고비를 더 얹어주었다.

지금 성내 거리를 기운차게 걸어가고 있는 용비의 등에는 묵직한 봇짐이 하나 메어져 있는데 그 안에 은자 천백 냥이 들어 있었다.

지금 그가 가고 있는 곳은 원래 돈을 맡겨두고 있는 전장 대화장(大華場)인데 오늘 염상웅에게 받은 돈을 맡기려는 것이다.

이제 모퉁이 하나만 돌면 대화장이다. 그런데 그때 용비는 갑자기 무슨 생각이 나서 걸음을 뚝 멈추었다.

소선개가 그에게 은자 육백 냥을 요구한 일이 퍼뜩 생각난 것이다.

보통 사람들은, 아니, 웬만한 부자라고 해도 은자 육백 냥이면 꽤 거금이다. 그만한 액수의 돈을 지니고 있는 사람은 거의 드물다.

부자라는 소리를 듣는 사람들은 집이나 땅, 그리고 다른 값비싼 물건을 지니고 있는 경우가 많다.

그러므로 그들도 당장 은자 육백 냥을 만드는 일은 결코 쉽지 않은 일이다.

그런데 소선개는 가난뱅이라고 알려진 용비에게 은자 육
백 냥을 아무렇지도 않게 내놓으라고 주문했다. 일반적인 상
식으로는 말도 되지 않는 일이다. 용비에게 그만한 돈이 어디
에 있다고 내놓으라는 것인가.

그렇다고 해서 소선개가 받지 못할 것을 뻔히 알면서 밑져
야 본전이라는 식으로 요조를 납치하고 또 돈을 내놓으라고
협박하지는 않았을 것이다.

소선개는 용비에게 그 정도 돈이 있다는 사실을 알고 있는
것이 분명했다.

아니, 용비가 대화장에 돈을 맡겨두었다는 사실을 알고서
요조의 몸값을 요구했을 것이다. 그렇게 생각해야지만 앞뒤
가 맞아떨어진다.

'소선개 부하가 나를 감시하고 있었다면?'

충분히 가능한 일이다. 그래서 용비가 대화장에 들락거리
는 것을 소선개가 훤히 알고 있는 것이다.

사우당에게 보호비를 받아내려고 요조까지 납치한 놈인데
무슨 짓인들 못 하겠는가.

용비는 다시 걸음을 옮겼다. 대화장으로 가려면 네거리에
서 오른쪽으로 가야 하는데 그는 왼쪽으로 꺾어서 걸어가며
걸음을 빨리했다. 그러면서 티 나지 않게 재빨리 힐끗 뒤돌아

보았다.

하지만 개방제자로 보이는 사람은 보이지 않았다. 소선개라면 분명히 자기 부하들, 즉 개방제자를 시켜서 용비를 감시하라고 했을 것이다.

하지만 용비는 반드시 감시가 있을 것이라고 생각해서 그 후로도 계속 이 길 저 길을 빙빙 돌면서 자기를 미행할지도 모르는 개방제자를 찾느라 애썼다.

그는 몇 번 주위에서 거지를 발견하고 바짝 긴장해서 어렵게 확인을 해봤으나 그들은 개방제자가 아니라 진짜 거지여서 실망을 금치 못했다.

결국, 그는 반 시진 동안 거리를 빙빙 돌며 자기를 미행하거나 감시하고 있을 개방제자를 찾는 데 실패했다.

그렇다고 해서 그는 자기의 짐작이 틀렸다고는 생각하지 않았다. 오히려 시간이 흐를수록 그것에 대해서 더욱 확고한 믿음을 갖게 되었다. 그는 그런 아집에 가까운 고집의 소유자였다.

하지만 지금은 대화장에 돈을 맡기러 갈 수밖에 없다. 술시가 지나면 대화장은 문을 닫는다. 그렇게 되면 용비는 은자 천백 냥이나 되는 돈을 짊어지고 사우당에 가야 하는데 그럴 수는 없는 노릇이다.

"명귀."

그런데 그때 갑자기 옆에서 들려오는 여자의 목소리 때문에 용비는 움찔했다.

그는 대화장으로 가는 도중에도 혹시 개방제자들이 있지 않을까 계속 주위를 두리번거리고 있었는데, 바로 옆에서 목소리가 들려오니 놀랄 수밖에 없다. 더구나 목소리는 천추장에서의 그의 별명인 '명귀'라고 불렀다.

용비는 본능적으로 방어하는 자세를 취하면서 오른쪽을 급히 쳐다보았다.

"······!"

다음 순간 그의 얼굴에 뜻밖이라는 표정이 떠올랐다. 옆에서 그를 쳐다보고 있는 사람은 다름 아닌 천추문 일대제자 수진랑이었다.

그 순간 용비의 머릿속에 반사적으로 제일 먼저 떠오른 것은 서호 변 갈대숲 속에서 있었던 수진랑과의 일이다.

아니, 더 구체적으로 말한다면 두 사람이 정사 아닌 정사를 치렀던 바로 그 일이다.

그것이 벌써 나흘 전의 일이다. 그 당시의 용비는 돌아서는 순간부터 그 일을 잊으려고 노력했다.

그는 무슨 일이든지 잊으려고 노력하면 잊어지고, 생각하지 않으려고 노력하면 생각나지 않는 특이한 심리 상태를 지니고 있다.

그런데도 그는 그녀와의 그 일 다음날 하루 동안 그 일이 머리에서 떠나지 않아서 애를 먹었다.

예전에는 그런 경우가 없었다. 생각하지 않으려고 마음만 먹으면 무슨 일이든 잊었다. 그 정도로 그녀와의 일이 충격적이었던 것이다.

하지만 그 다음 날 이틀째 아침에는 수진랑과의 일을 깡그리 잊어버렸다.

그런 소녀가 있었다는 사실조차도 일체 생각나지 않았다. 그의 자기 최면이 성공한 것이다.

그랬었는데 나흘째인 오늘 거리에서 그녀를 만난 것이다. 용비는 직감적으로 이것이 우연한 만남일 것이라고는 생각하지 않았다.

그가 제아무리 자기 최면이 강하다고 해도 눈앞에 있는 그녀의 존재마저 부정하지는 못한다.

"무슨 일이십니까?"

용비는 당황함을 삼키며 태연하려고 애쓰면서, 그러나 정중하게 물었다.

수진랑은 여전히 색 바랜 갈의 경장에 오른쪽 어깨에 한 자루 검을 메고 있었다.

그런데 용비가 나흘 전에는 보지 못했던 것이 있다. 검파 끝에 붉고 푸른색의 예쁘게 꼰 수실이 두 개 묶여 있었다. 하치만 그것이 무슨 의미인지는 알고 싶지 않았다.

수진랑은 예의 얼굴 앞에 예리한 칼날 같은 살기를 세운 채 냉정하게 중얼거렸다.

"친구가 되기로 하지 않았느냐?"

그랬었다. 나흘 전 그날 밤에 용비는 그녀와의 정사를 피하기 위해서 마지막 순간에 그런 제안을 했다.

그러나 그녀가 제안을 받아들인 순간 그의 음경은 그녀 안에서 폭발을 일으켰다.

그랬는데도 그녀는 옷을 다 입고 나서 조용한 목소리로 용비에게 말했다.

"약속했다. 우린 친구다."

하지만 맹세하건대 용비는 절대로 그 말을 진심으로 받아들이지 않았다.

그리고 지금 이 순간까지도 그녀를 친구라고는 눈곱만큼도 생각하지 않고 있다.

웬만해서는 놀라지 않고 당황하지도 않으며 뻔뻔하고 넉살 좋은 용비지만 수진랑의 말을 듣고는 지금 이 상황을 어떻게 대처해야 좋을지 대책이 서지 않았다.

그런데 수진랑이 길을 터주었다.

"친구끼리는 말 놓는 것이다."

그래서 용비는 순간적인 기지를 발휘하여 뻔뻔하게 나가

기로 마음먹었다.

"그, 그래."

입으로는 그렇게 어눌하게 말하면서도 그는 수진랑이 자신의 친구도 아니고 그렇다고 해서 연인은 더더욱 아니라고 못을 박았다.

제대로 된 정사도 아니고 삽입을 했는지 안 했는지도 모르는 상황에 방출을 해버리고, 그런 식으로 동정을 잃어버리다니 정말 잊고 싶은 과거다.

두 사람은 사람들의 통행 때문에 길가로 나와서 마주 섰다.

"어딜 가는 길이냐?"

수진랑이 불쑥 물었다.

"아! 집에……."

용비는 뻔뻔함으로 무장을 했는데도 여전히 말을 더듬었다. 그만큼 수진랑이 버거운 존재이기 때문이다.

그때 문득 용비는 수진랑의 눈매가 약간 좁아지는 것을 발견했다.

순간 그는 깨달았다. 자기가 감시하는 개방제자를 찾아내려고 거리를 헤매고 있는 모습을 수진랑이 지켜보고 있었다는 사실을 말이다.

그런데 어디에 가느냐는 물음에 집에 간다고 했으니 어설픈 거짓말을 해버린 꼴이다.

하지만 수진랑은 그것을 문제 삼지 않았다. 그녀는 용비만큼, 아니, 그 이상 과묵하고 말하는 것을 귀찮아하는 성격이 분명했다.

"해독 어떻게 됐지?"

용비가 씁쓸한 표정을 짓고 있는데 그녀가 단도직입적으로 본론을 꺼냈다.

나흘 전에 그녀가 건네준 천추신뢰검보는 이미 그 다음 날 해독이 끝난 상태다.

그리고는 잊었다. 아니, 잊으려고 노력한 덕분에 기억 속에 묻어두고 있었다.

언젠가 그녀가 해독해 달라고 말하면 그때 해주려고 했다. 먼저 찾아갈 필요는 전혀 없었다. 그러면서 그 시기가 늦을수록 좋겠다고 생각했다.

"끝났어. 내일……."

"오늘 해줄 수 있지?"

용비는 내일 해독한 것을 설명해 주겠다고 말하려는데 수진랑이 말을 자르면서 물었다.

"오늘은 좀……."

원래 용비는 말을 흐리거나 어물거리는 성격이 아닌데 지금 수진랑에게는 전혀 그답지 않게 행동하고 있었다.

그래서 그는 자신의 어눌하고 비겁한 듯한 행동에 조금 짜

중이 났다. 스스로 생각을 해봐도 이건 절대로 자신의 모습이
아니었다.

"해독이 끝났다면 오늘 해줬으면 좋겠다."

수진랑하고는 이것이 두 번째 만남이지만 용비는 그녀의
딱 부러지는 강인한 성격을 대충 짐작했다. 그중에 하나, 그
녀가 일단 말을 뱉으면 반드시 해야만 한다는 것이다.

그래서 용비는 어차피 해줄 거라면 빨리해 줘버리고 수진
랑에 대해서는 영원히 잊고 사는 것이 속 편할지도 모르겠다
고 생각했다.

"어디가 좋을까?"

그는 이제 어눌하지도 않고 더듬거리지도 않으면서 반말
이 입에 배기 시작했다.

"너의 집에서."

용비는 조금 전에 자기가 집에 가는 길이라고 말했다. 그리
고 수진랑은 친구다. 친구를 집에 데려가지 못할 이유가 없
다. 그 말은 그녀의 말을 용비가 거절할 만한 구실이 없다는
뜻이다.

두 사람은 밤거리를 나란히 걸어갔다. 용비네 집으로 가는
길이다.

술시가 넘었으나 색향(色鄕)인 한여름 밤의 항주 성내는 수

많은 행인들로 인해서 복잡하고 또한 불야성을 이루어 번화하기 이를 데 없었다.

용비와 수진랑은 인파 때문에 가끔씩 어깨와 팔이 닿고 스치기도 하면서 빠르지도 느리지도 않게 사람들의 행렬에 몸을 맡긴 채 남문 쪽으로 향했다.

용비는 어차피 술시가 넘었으므로 대화장에 돈을 맡기는 것은 글렀다고 생각했다. 그래서 일단 돈을 집에 놔뒀다가 내일 맡기기로 했다.

용비가 제법 크고 묵직한 봇짐을 메고 있는데도 수진랑은 봇짐에는 눈길 한 번 주지 않았으며 그게 뭐냐고 묻지도 않았다.

자신이 하는 일 외에는 전혀 관심이 없다는 점에서는 용비하고 똑닮은 것 같았다.

툭.

그때 지나가는 사람 때문에 용비가 밀려서 그의 팔이 수진랑의 어깨에 슬쩍 부딪쳤다.

그래서 부지중에 그녀를 힐끗 쳐다보았다. 그래도 그녀는 꼿꼿하게 앞만 주시한 채 걸어가고 있었다.

그녀의 머리는 용비의 어깨에 찼다. 그녀의 키가 작은 것이 아니고 용비가 워낙 크기 때문이다.

용비도 딱 벌어진 건장한 체구는 아닌데 그에 비해서 그녀는 더욱 연약해 보였다. 마른 장작에 헐렁한 옷을 입혀놓은 것 같은 모습이었다.

그래서였는지 용비는 문득 나흘 전 서호 변 갈대숲 속에서 그녀가 나신으로 누워 있었던 모습이 불현듯 떠올랐다.

그런데 지금에 와서 돌이켜 보니까 그때 그녀의 나신은 깡 마르다는 느낌이 들지 않았었다. 마른 듯하면서도 제법 풍만한 몸을 지니고 있었다.

용비는 그녀가 말라 보이는 이유를 곧 알게 되었다. 그녀가 입고 있는 갈의 경장이 몸에 비해 너무 큰 탓이다.

예전에는 맞았는데 고된 무공 연마 때문에 살이 빠져서 이렇게 됐을 것이다.

천추문의 제자들이라면 대부분 겪는 일이라 새삼스러울 것이 못 된다.

그런데 천추문의 제자들하고 수진랑이 다른 점이 있다. 천추문의 여타 제자들은 옷이 몸에 맞지 않게 되면 새 옷을 사서 입는다.

하지만 수진랑은 그러지 않은 것 같았다. 무슨 이유에선지 큰 옷을 고집하고 있는 것이다.

그런데 문득 용비의 시선이 그녀의 어깨에 고정됐다. 어깨의 솔기가 조금 뜯어져 있는 것이 눈에 띈 것이다.

그런데 바느질이 엉성했다. 처음에 옷을 만든 사람의 솜씨가 아닌 것이 분명했다.

누군가 뜯어진 어깨의 솔기 부분을 꿰맸는데 형편없이 서툰 솜씨였다. 용비는 그것이 수진랑의 바느질 솜씨일 것이라고 추측했다.

어깨의 솔기가 뜯어져서 그녀가 꿰맨 듯했다. 그런데 여자다움이라고는 전혀 없는 그녀의 바느질을 하는 모습은 잘 상상이 되지 않았다.

용비의 눈길이 그녀의 소매 끝으로 내려갔다. 소매의 단이 다 해져서 실밥이 터져 늘어져서 너덜너덜한 것이 눈에 띄었다.

그는 약간 걸음을 늦추고 그녀의 어깨와 등을 보았다. 여기저기 옷이 낡고 삭은 것이 보였다. 상의 밑단도 바느질이 풀려서 형편없었다.

그녀는 서호 변에서의 첫날에도 이 옷을 입고 있었으나 어두워서 미처 발견하지 못했다.

용비는 한 가지 사실을 깨달았다. 수진랑은 새 옷을 사서 입을 돈이 없는 것이 분명했다. 그렇지 않다면 쟁쟁한 천추문의 일대제자가 이렇게 낡은 옷을 고집스럽게 입고 있을 이유가 없다.

경장 한 벌은 그리 비싸지 않은 편이다. 평범한 무명으로 만든 것은 구리 돈 이십 냥 정도이고, 같은 무명으로 만든 경장이라도 여러 색을 넣었거나 장식을 달면 은자 한 냥 이상을 호가한다.

그리고 비단으로 만든 경장은 무명하고는 비교가 되지 않는다. 그야말로 부르는 게 값이다.

수진랑이 어째서 구리 돈 이십 냥 정도의 무명 경장을 사입을 돈이 없는지 이해하기 어려웠다.

용비는 문득 나흘 전에 그녀가 서호 변에서 천추신뢰검보를 해독해 달라면서 자기는 돈이 없으니까 대신 순결을 주겠다고 했던 말이 떠올랐다.

천추문의 제자들은 대부분 명문가나 부호 등 이름난 가문의 자식들이다.

더러는 명문가나 부호의 자식이 아닌 제자들도 있기는 하지만 수진랑처럼 가난하지는 않다.

쟁쟁한 가문의 자식들만 들어올 수 있는 천추문에 가난한 수진랑이 어떻게 해서 들어왔는지 모를 일이다.

옷 한 벌 제대로 사서 입지 못할 정도라면 그녀는 매월 천추문에 내야 하는 월사금(月謝金:수업료)조차 내지 못하고 있을 것이다.

월사금을 내지 못하면 천추문에서 나가야만 하는데 그녀는 버젓이 일대제자 노릇을 하고 있다. 불가사의한 일이 아닐 수 없다. 천추문에 그런 제자가 있다는 말을 용비는 들어본 적이 없다.

그때 수진랑이 이상한 기척을 느꼈는지 걸음을 멈추고 약간 뒤처져서 자신을 살피고 있는 용비를 날카롭게 쏘아보며 내뱉었다.

"뭘 살피는 거야?"

용비는 대답하지 않고 그냥 걸어가면서 주위를 두리번거리며 무언가를 찾는 듯했다.

그는 수진랑에 대해서 새로운 것을 알게 되었다. 그녀는 가난한 것이 분명하다. 어쩌면 용비가 찢어지게 가난했을 때만큼 가난할지도 모른다.

그러면서도 천추문의 일대제자가 되었으며, 그녀의 행동은 천추문의 어떤 제자들보다 당당하고 압도적이며 전혀 기죽지 않는다.

오히려 그녀는 천추문 사상 가장 최단 시일 내에 오대제자에서 일대제자에 올라 천추문의 작은 전설을 이루어놓았을 정도로 대단한 존재가 되었다.

용비는 그녀의 그런 점이 조금 마음에 들었다. 가난하면서도 조금도 비굴하지 않고 오히려 당당하다는 점에서 동지애 같은 것이 느껴진다고나 할까. 가난과 배움은 완전히 별개의 것이다.

오늘 그는 수진랑에 대해서 몰랐던 사실을 하나 알게 되었다. 그렇다고 해서 그녀가 친구처럼 여겨지는 것은 아니다. 단지 그렇다는 것뿐이다.

한 사람이 다른 한 사람을 아무런 감정 없이 평가할 때의 기분 같은 그런 것이다.

조금 전부터 주위를 두리번거리던 용비는 이윽고 길가에 있는 어느 의복전(衣服廛)을 찾아내고 그쪽으로 걸어갔다. 수진랑은 아무 생각 없이 그를 뒤따랐다.

그러나 용비가 의복전 안으로 들어가자 수진랑은 따라 들어오지 않고 그 자리에 멈춰 섰다.

용비는 다시 밖으로 나와서 수진랑의 팔을 덥석 잡고 안으로 끌고 들어갔다.

수진랑은 그제야 이 점포가 무엇을 하는 곳인지 둘러보고는 용비의 의도를 알아차린 것 같다.

그리고는 그의 팔을 가볍게 뿌리치고 싸늘한 얼굴로 밖으로 횡하니 나가 버렸다.

용비는 다시 밖으로 나와서 고집스러운 표정을 짓고 있는 수진랑 앞에 우뚝 서서 단호하게 말했다.

"우리 친구라며?"

수진랑은 무슨 뜻이냐는 듯한 표정으로 그를 쳐다보았다.

"친구가 옷 한 벌 사주겠다는데 이상한 일이냐?"

수진랑은 가볍게 움찔하더니 자신의 낡은 갈의 경장을 힐끗 쳐다보았다.

그녀의 얼굴에 자존심을 다친 듯한 기색이 흐릿하게 떠올랐으나 용비는 모른 체했다.

"친구가 된 기념이다. 다른 뜻은 없어."

정말 용비는 그런 기분뿐이다. 아직 그녀를 친구로 여기지는 않지만, 그녀에게서 느낀 야릇한 동지애 때문에 경장을 한 벌 사주고 싶은 것이다.

그가 돈 한 푼을 얼마나 귀하게 여기는지를 안다면 수진랑에게 경장 한 벌을 사주는 것이 어떤 의미인지 알 수 있을 것이다.

그는 혼자 의복전 안으로 들어가며 퉁명스럽게 말했다.

"호의를 거절한다면 아마 난 모욕을 느낄 것 같군."

그의 말투에는 만약 거절하면 매우 기분이 나쁠 것이라는 의도가 깔려 있었다.

옷이 날개라는 옛말은 틀리지 않았다.

수진랑은 옷에 대해서 아무것도 모르기 때문에 용비가 골라준 것을 입었다.

용비는 천추문의 여제자들이 여러 종류의 경장을 입고 다니는 것을 많이 봤으며 또 눈썰미가 있으므로 옷을 고르는 데 문제가 없었다.

그는 이왕 사주는 것 돈이 얼마가 들더라도 수진랑이 여제자들 중에서 가장 멋지고 훌륭한 경장을 입기를 원했다.

천추문에는 약 백오십여 명의 여제자가 있는데, 오대제자가 제일 많고 그다음이 사대제자, 삼대제자 순이다.

이대제자에는 다섯 명 남짓이고 일대제자에는 수진랑과 또 한 명, 단둘뿐이다.

용비는 장장 반 시진과 은자 삼십 냥을 투자하여 의복전에서 가장 비싼 최고급 경장을 골랐다.

지금 수진랑은 아래위 자색과 청색, 녹색이 고루 섞인 삼색의 비단 경장을 입었으며, 그 위에 붉은빛이 감도는 금색의 감견(坎肩:조끼)을 걸쳤다.

조금 아까까지만 해도 거리에서 그녀를 눈여겨보는 사람은 거의 없었다.

그런데 지금은 오가는 행인들이 너나 할 것 없이 모두 그녀만 주시하고 있었다.

그녀는 사람들의 시선이 어색한지 영 마뜩잖은 표정을 지으며 묵묵히 걷기만 했다.

그런 걸 보면 그녀는 의기양양이라든지 뽐낸다는 것을 모르고 살아온 것이 분명했다.

용비는 싸구려 베옷을 입었으나 수진랑이 최고급 경장을 입고 있는 것이 자기가 입은 것보다 더 뿌듯했다.

그래서 그는 그런 마음이 드는 자신 때문에 조금 놀랐다. 혹시 자기가 수진랑을 각별하게 생각하고 있는 것은 아닌가 하는 생각에서다.

"잠깐 들를 곳이 있다."

사우당 근처에 이르렀을 때 용비는 수진랑에게 말했다. 그녀하고는 그리 많은 말을 나누지 않았으나 이제는 자연스럽게 반말이 나왔다.

소선개가 은자 육백 냥을 갖고 오라고 한 기한이 내일인데 이제 하루밖에 남지 않았다.

용비는 그것에 대해서 돈을 주지 않기로 이미 결정을 내렸다. 그런 놈에게 돈을 줄 바에는 진짜 거지들에게 동냥을 주는 편이 낫다.

그러므로 이제 남은 방법은 한 가지뿐이다. 힘으로 요조를 되찾는 것이다.

그는 완사, 아니, 사부에게 배운 백호공이나 청룡공을 사용해서 소선개와 싸워볼 생각이다.

아름드리나무를 한주먹에 부러뜨릴 정도의 백호공이라면 한번 해볼 만했다.

아니, 이길 자신이 있었다. 그가 이기기만 한다면 소선개는 두 번 다시 사우당에 보호비를 내라고 찝쩍거리지 못할 터이다.

용비가 골목 안으로 들어가자 수진랑이 따라왔다. 그는 턱으로 골목 바깥을 가리켰다.

"거기에서 기다려라."

"그러면 내가 모욕을 느낄 것 같은데?"

수진랑은 냉랭하게 대꾸했다. 모욕이라는 말은 아까 용비가 수진랑에게 옷을 사주기 전에 했었다.

친구의 호의를 거절하면 모욕을 느낄 것 같다고 말했는데 지금 수진랑이 그것을 그대로 써먹은 것이다.

용비는 약간 어이없는 듯한 표정을 지으며 그녀를 쳐다보았다. 그러나 그녀는 표정의 변화가 없었다.

그저 처음부터 끝까지 예리한 칼날 하나를 얼굴 앞에 세우고 있을 뿐이다.

第七章 청룡공(青龍功)과 백호공(白虎功)

萬
能
書
生

탁탁, 타타탁, 탁탁.

용비가 대문을 두드리자 잠시 후에 현도가 달려 나와서 문을 열어주었다.

사우당 네 친구 각자에게는 대문을 두드리는 고유의 신호가 따로 있기 때문에 현도는 방금 문 두드리는 소리를 듣고 용비가 왔다는 것을 알았다.

그런데 현도는 용비 뒤에 서 있는 수진랑을 보고 깜짝 놀라며 표정이 변했다.

수진랑은 어느 누가 보더라도 한눈에 무림인이라는 것을

짐작할 수가 있다.

검을 메고 있는 모습이나 자세, 그리고 몸에서 풍기는 무림인 특유의 기도가 그랬다.

더구나 최고급의 훌륭한 경장을 입고 있어서 더욱 비범하게 보였다.

용비가 한밤중에 무림인하고 같이 올 리가 없기 때문에 현도는 긴장하여 그 자리에서 몸이 굳어 용비와 수진랑을 번갈아 쳐다보았다.

"괜찮다."

용비는 수진랑을 친구라고 소개하고 싶지 않아서 대충 그렇게 말하고는 안으로 걸음을 옮겼다.

이곳 사우당은 대문 안으로 들어가면 가로세로 사 장 정도의 아담한 마당이 나오고 정면에는 본채가, 그리고 좌우에는 작은 집이 한 채씩 있다.

본채 내부는 크게 두 칸이며 한 칸은 회의실 겸 접객실이다. 그리고 나란히 붙어 있으나 벽으로 분리되어 있는 옆은 휴게실이다.

그리고 대문을 등지고 마당 왼편의 별채는 방 하나와 주방 하나로 이루어진 낙혼의 거처고, 마당 오른편의 별채는 그냥 창고로 사용하고 있다.

본채 접객실에 용비와 수진랑, 현도, 낙혼 네 사람이 침묵을 지키고 있다.

접객실이라고 해봐야 벽에 빙 둘러서 등받이 없는 의자가 몇 개 놓여 있으며, 한쪽에 네모난 나무 탁자 하나가 전부다. 지금 네 사람은 탁자 둘레에 앉아 있다.

용비와 수진랑이 나란히 앉아 있고 맞은편에 현도와 낙혼이 마주 보고 앉았다.

그런데 매우 어색한 분위기다. 용비가 낯선 무림 소녀를 데려와 놓고서 그녀에 대해서는 한마디도 하지 않고 있으며, 현도와 낙혼은 무림 소녀의 강렬한 기도에 완전히 압도당해 버렸다.

용비는 수진랑을 골목 밖에 떼어놓고 혼자 들어올 생각이었는데, 그녀가 따라 들어오는 바람에 이런 상황이 돼버릴 줄은 예상하지 못했다.

현도와 낙혼은 자기들끼리 나름대로 용비가 요조를 구해올 무림인으로 수진랑을 데려온 것이라고 추측하고 있었다. 어쩌면 그가 천추문에서 잘 알고 지내는 제자를 데려왔을지도 모른다고 생각했다.

그런데 한참이 지나도 용비가 아무 말도 하지 않는 것이 이상했다.

그는 수진랑을 소개하든가 요조에 대해서 뭔가 말을 해야 하는데 침묵만 지키고 있다.

하지만 용비는 수진랑이 있는 자리에서 사우당에 관한 일을 말하고 싶지 않았다.

특히 요조에 대해서는 더욱 그렇다. 자신의 속살을 내보이는 것 같아서다.

하지만 힘으로든 어떤 방법으로든 이 자리에서 수진랑을 내쫓을 수는 없다.

그래서 더욱 답답했다. 괜히 그녀를 잘못 건드렸다가는 또 다른 불화를 일으킬지도 모른다.

그렇다고 언제까지나 침묵으로 일관할 수는 없다. 목마른 사람이 우물을 파야만 한다.

수진랑은 천추신뢰검보 해독한 것에 대한 설명을 듣기 위해서 용비네 집까지 따라올 기세다.

그렇다고 요조의 일은 내일이 기한인데 오늘을 넘겨서는 안 된다. 이 자리에서 요조에 대한 일을 충분히 상의해야만 하는 것이다.

또한, 용비는 현도와 낙혼에게 지시한 일이 있는데 그걸 들어야만 한다.

결국, 용비는 최소한의 안전장치를 해두는 선에서 일을 진행하기로 마음먹었다.

이윽고 그는 왼쪽에 꼿꼿한 자세로 앉아 있는 수진랑을 보며 딱딱한 말투로 말했다.

"두 가지만 약속해라."

수진랑은 보일 듯 말 듯 고개를 까딱했다.

현도와 낙혼은 용비가 수진랑에게 반말을 하자 움찔 놀랐다. 아무리 좋게 봐주려고 해도 용비와 수진랑은 서로 반말을 할 사이는 아닌 것 같았다.

"첫째, 나에 대해서 아무에게도 발설하지 마라."

수진랑은 또 고개를 까딱했다. 용비가 엄숙하게 말하는 것에 비해서 그녀의 대답은 성의가 없어 보였다.

"둘째, 우리 일에 절대로 개입하지 마라."

"네가 죽음의 위험에 처해도?"

"그렇다."

용비는 자신이 죽는 일은 없을 것이라고 확신했다.

"그건 약속 못 한다."

그런데 뜻밖에도 수진랑은 팔짱을 끼면서 냉랭한 표정으로 턱을 치켜들었다.

용비는 미간을 찌푸렸다.

"어째서?"

그런데 그가 슬쩍 인상을 쓰는 것만으로도 지독한 기도가 파도처럼 쏟아져 나왔다.

'웃!'

수진랑은 마치 거센 비바람을 피하듯이 고개를 돌려 외면하면서 팔을 들어 얼굴을 가렸다. 그리고는 눈빛이 약간 흔들리면서 용비를 쳐다보았다.

'처음 만났을 때하고 기도가 달라졌다. 어째서 그런 거지? 혹시 명귀에게 무슨 일이 있었던 것일까?

용비가 예전부터 지니고 있던 느낌은 소름 끼치고 오싹한 불쾌한 분위기 같은 것이었다.

그런데 방금 수진랑이 느낀 것은 그런 분위기 속에 어떤 강렬한 기도(氣度) 같은 것이 뿜어졌다.

하지만 그녀가 다시 쳐다봤을 때 그런 기도는 씻은 듯이 사라지고 없었다.

용비에게서는 그저 으스스하고 오싹한 분위기만 스멀스멀 흘러나오고 있었다.

사실 용비의 체내에는 사 년여 동안 꾸준하게 연마해 온 삼원심법의 여러 기운이 축적되어 있다.

하지만 그것은 한 번도 어떤 형태로든 겉으로 드러난 적이 없었다. 그럴 기회가 없었기 때문이다.

그런데 어제 처음 사부 완사의 도움으로 체내에서 청룡공과 백호공을 운용했었다.

그로 인해서 비로소 그의 체내에 내재하여 있던 기운들이 오랜 잠에서 깨어났다.

방금 그가 인상을 썼을 때 그런 기운이 슬쩍 내비쳤고, 그 것을 예리한 안목을 지닌 수진랑이 감지했던 것이다.

'착각이었나?'

수진랑은 용비를 주시하며 내심 고개를 갸웃거렸다.

"어째서 약속하지 못하느냐고 묻잖아?"

그런데 용비는 그런 줄은 모르고 대답을 강요하고 있다.

수진랑은 눈을 깜빡거리며 용비를 살피듯이 주시하다가 중얼거리듯이 대답했다.

"명귀 너는 내 생애 첫 번째 친구다. 그러므로 네가 위험에 처하면 내가 구해줘야만 한다."

용비의 짙은 눈썹이 꿈틀거렸다.

'이 녀석은 진심으로 날 친구로 여기는군.'

하지만 용비는 그 정도에 감동하거나 고마워하지 않는다. 단지 마음이 조금 뭉클했을 뿐이다.

그는 말로는 수진랑을 어떻게 할 수 없다는 것을 깨닫고 아무렇게나 손을 저었다.

"알았다. 그럼 두 번째는 네 마음대로 해라."

현도와 낙혼은 자신들이 용비에 대해서는 모든 것을 다 알고 있다고 믿었다.

그런데 용비가 굉장히 살벌해 보이는 무림 소녀하고 대화하는 내용을 듣고는 놀라지 않을 수 없었다.

그렇다고 용비가 수진랑에 대해서 사전에 자기들에게 아무 말도 하지 않았다고 해서 기분 나빠하거나 그를 원망하지는 않았다.

그가 말을 하지 않았다면 그럴 만한 사정이 있기 때문일 것이라고 믿었다.

낙혼이 예상하지 않았던 장한 일을 해냈다. 요조가 어디에 갇혀 있는지를 알아낸 것이다.

용비는 요조가 남문 화영로의 소선개 본거지, 즉 조단(組壇)에 갇혀 있을 것이라고 짐작했었다.

그런데 낙혼이 알아낸 바에 의하면 요조는 서호 남쪽 끝 뇌봉탑(雷峰塔) 가는 길에 있는 숲 속의 토지묘(土地墓)에 갇혀 있다는 것이다.

용비는 내일 낮에 소선개를 찾아가서 정정당당하게 일대일 대결을 신청하려고 했으나 계획을 바꿨다. 일단 오늘 밤에 요조를 구하는 것이 급선무라고 생각했다.

소선개의 조단에는 항상 십여 명 정도의 개방제자들이 우글거리고 있다.

그래서 용비가 소선개하고 일대일로 싸워서 다행히 이긴다고 해도 소선개가 요조를 내놓지 않는다면 어떻게 해볼 방법이 없다. 개방제자 십여 명을 모조리 때려눕힐 능력은 없기 때문이다.

그렇지만 요조를 일단 구해놓으면 걱정할 것이 없으니까 마음 놓고 후련하게 소선개와 싸울 수가 있는 것이다.

요조를 구한 다음에는 소선개하고 싸우지 않을 수도 있지만, 그것은 미봉책일 뿐이다.

그를 완전히 굴복시켜서 앞으로는 절대로 사우당을 건드리지 않겠다는 약속을 받아놓지 않는다면 결코 안심할 수가 없다.

불씨를 바로 옆에 놔두고 아슬아슬하게 사는 것은 용비의 방식이 아니다.

소선개는 강자고 사우당은 약자이기 때문에 앞으로 항주에서 발을 붙이고 살려면 그 방법뿐이다.

뇌봉탑으로 가려면 서호 남단의 우거진 갈대숲을 휘돌아서 가야만 한다.

그런데 그 갈대숲은 공교롭게도 나흘 전 밤에 용비와 수진랑이 모종의 일을 벌였던 바로 그 장소였다.

낙혼과 현도가 앞서서 조심스럽게 서호 변의 우거진 풀 숲 길을 걸어가고, 그 뒤를 용비와 수진랑이 나란히 따르고 있다.

용비와 수진랑은 나란히 걸으려고 한 것이 아닌데 어쩌다

보니까 그렇게 됐다.

용비는 나흘 전 갈대숲에서의 일은 전혀 생각하지도 않은 상태에서 낙혼 뒤만 따르다가 이곳에 와서야 그날 밤 일이 생각났다.

그때 두 사람 앞 오른쪽에 서호의 갈대숲으로 빠지는 좁은 오솔길이 나타났다. 나흘 전에 두 사람은 저 오솔길을 통해 갈대숲으로 들어갔었다.

그때는 수진랑이 앞서 걸었고 용비가 뒤따랐으나 지금은 나란히 걷고 있다.

문득 용비는 서호 쪽에서 걷고 있는 수진랑의 얼굴을 힐끗 쳐다보았다.

일부러 보려고 한 것이 아니라 그냥 저절로 그녀 얼굴로 시선이 갔다. 왜 그랬는지 모를 일이다.

수진랑은 묵묵히 앞만 주시한 채 걸어가고 있었다. 오늘 밤은 조각달이나마 있어서 그다지 어둡지 않았고, 또 그녀와의 거리가 매우 가까워서 얼굴이 보였다.

그런데 그녀의 눈가에 주름이 잡혀 있는 것으로 봐서 눈을 좁히며 힘을 주고 있는 것이 분명했다. 또한, 입술을 모아서 약간 앞으로 뾰족하게 만든 모습이 보였다.

그것은 그녀가 갈대숲을 보지 않으려고 애쓰고 있는 기색이 분명했다.

또한, 그날 밤의 일을 잊지 못하고 심중에 깊이 새겨 담고 있다는 뜻이기도 했다. 단지 겉으로 표현하지 않을 뿐인 것이다.

더구나 그녀는 용비가 자기를 보고 있는 것을 분명히 알고 있을 텐데도 그를 쳐다보지 않았다. 다른 때 같으면 뭘 보느냐고 으름장을 놓을 텐데 말이다.

용비는 나흘 전 그날 밤의 일이 지금도 믿어지지 않았고 또 왜 그런 상황까지 갔는지 이해가 되지 않았다.

그가 바보가 아닌 이상, 그리고 건강한 육체를 지닌 한 명의 십팔 세 소년으로서 남녀 간의 정사라는 것이 어떻다는 것쯤은 자세히는 몰라도 어느 정도쯤은 귀동냥으로 지식을 갖고 있다.

사람들은 정사를 운우지락(雲雨之樂)이라고도 한다. 초(超)의 양왕이 무산(巫山)의 신녀(神女)와 꿈속에서 정사를 나누었는데, 신녀가 아침에는 구름이 되고 저녁에는 비가 된다는 것에서 비롯된 말이다.

그것은 또한 정사가 먹구름이 피어오르고 비가 쏟아지는 것처럼 격정적이라는 뜻이기도 하다.

그런데 용비는 그날 밤에 먹구름이 피어오르고 비가 쏟아지기는커녕 목숨이 왔다 갔다 하는 상황에서 삽입을 했는지조차도 모른 채 사정을 해버렸다.

남들이 나더러 최고의 맛있는 요리를 먹었다고 하는데, 정작 나는 그런 요리를 먹은 느낌이 전혀 없는 것과 다름이 없는 일이었다.

그때 수진랑을 보면서 걷던 용비는 바닥이 고르지 않은 오솔길에 발을 헛디뎌서 그녀 쪽으로 쓰러질 듯이 크게 비틀거렸다.

"어……."

앞을 보고 걷던 수진랑이 몸을 돌려 그의 어깨를 붙잡으려고 했다.

그러나 거리가 워낙 가깝고 또 그가 갑작스럽게 쓰러지는 바람에 어깨 붙잡기에 실패하고 대신 그의 얼굴이 정면으로 그녀의 풍만한 가슴에 파묻혀 버리고 말았다.

"……."

두 사람은 움찔 놀라서 그대로 굳어버렸다. 이런 상황에서는 후다닥 떨어지든지 밀쳐내야 하는데 어느 누구도 그러지 않고 가만히 있었다.

두 사람이 왜 가만히 있었는지는 이 순간에도, 그리고 나중에도 수수께끼로 남았다.

"저기야."

소나무 뒤에 숨어서 그렇게 소곤거리는 낙혼의 얼굴이 희미한 달빛 아래에서 싸늘하게 빛났다.

낙혼의 오른쪽 뺨에는 관자놀이에서 입술 끝에 이르는 깊고 긴 흉터가 있다.

그 옛날 건달들에게 곤경에 빠져 있는 용비를 구하려고 몽둥이를 휘두르면서 뛰어들었다가 흠씬 두들겨 맞는 과정에서 어느 건달이 휘두른 낫에 베인 상처다.

낙혼은 깡마른 체구에 부스스한 더벅머리인데 얼굴은 독기밖에 남아 있지 않은 듯한 모습이다.

그런데 지금은 자기가 목숨처럼 아끼는 요조가 납치된 상황이라서 아예 낙혼의 얼굴과 몸뚱이 전체가 한 덩어리의 독기로 변해 있었다.

그가 가리킨 곳은 서호 남단에서 남서쪽으로 삼백여 장가량 들어온 숲 속에 위치한 다 낡은 토지묘였다.

토지묘 앞 돌로 만든 제단에는 두 명의 개방제자가 마주 앉아서 술을 마시고 있었다.

둘 다 이십대 중반인데 허리의 매듭이 두 개인 것으로 봐서 이결제자인 듯했다.

식은 오리고기 몇 조각을 놓고 시시껄렁한 소리를 지껄이며 술을 마시는데, 술이 얼마나 싸구려에다가 독한지 용비 등이 있는 곳까지 역겨운 술 냄새가 풍겼다.

낙혼 뒤쪽에 서 있는 용비는 토지묘를 주시했다. 두 명의 개방제자가 지키고 있는 것으로 봐선 토지묘 안에 요조가 있는 것이 틀림없는 것 같았다.

슥—

낙혼이 품속에서 쇠꼬챙이 하나를 꺼냈다. 그것은 그가 열 살 무렵부터 분신처럼 지니고 다니는 무기다.

하지만 도검이 아니라 두 뼘 정도 길이의 길쭉한 쇠꼬챙이 끝 부분을 송곳처럼 뾰족하게 간 것이다. 그러니 벨 수는 없고 찌르기만 가능하다.

쇠꼬챙이를 움켜쥔 낙혼의 얼굴은 분노와 살기로 범벅되어 두 명의 개방제자를 쏘아보고 있었다.

만약 그의 눈빛이 칼이었다면 개방제자들은 이미 갈가리 난도질당했을 것이다.

낙혼은 용비를 쳐다보았다. 자기가 두 명의 개방제자를 공격하도록 허락해 달라는 뜻이다.

하지만 용비는 개방제자들에게서 시선을 떼지 않은 채 고개를 가로저었다. 낙혼이 싸움으로 잔뼈가 굵은 싸움꾼이긴 하지만 무공을 익힌 개방제자를, 그것도 두 명씩이나 상대하는 것은 무리다.

그러자 낙혼과 현도는 반사적으로 수진랑을 쳐다보았다. 그녀가 개방제자들을 처치할 것인지 묻는 것이다.

수진랑은 예의 냉랭한 표정으로 용비를 쳐다보았다. 그녀의 눈빛에는 그가 하라고만 하면 두 명의 개방제자를 작살내 겠다는 의지가 담겨 있었다.

하지만 용비는 그녀에게 시선조차 주지 않고 누가 말릴 사이도 없이 숨어 있던 곳에서 나와 곧장 두 명의 개방제자를 향해 걸어갔다.

현도와 낙혼은 깜짝 놀라서 급히 손을 뻗으며 용비를 말리려고 했으나 한 발자국 늦었다.

용비는 이미 규칙적인 걸음으로 성큼성큼 토지묘를 향해 걸어가고 있었다.

수진랑은 표정의 변화는 없으나 용비가 대체 어쩌려는 것인지 내심 궁금했다.

그녀가 알고 있는 용비는 머리는 비상하게 총명한 반면 무공이나 무술은 모르기 때문이다.

설사 용비가 천추문에서 하인 등속에게 가르치는 오룡십이술을 배웠다고 해도 그것은 호신술 수준일 뿐 개방제자에겐 명패조차 내밀지 못한다.

하지만 수진랑은 그다지 염려하지 않았다. 여차하면 자신이 뛰어나가서 용비를 구하겠다는 생각이다.

"너……."

술을 마시고 있던 두 명의 개방제자는 이쪽으로 걸어오고 있는 용비를 발견하고 약간 놀라는 표정을 지었다. 그러나 곧 약간 취기 어린 얼굴에 가소롭다는 비웃음을 흘리며 천천히 일어섰다.

"하하하! 네놈 사우당의 용비로구나. 여길 어떻게 알아냈는지 모르지만 혼자 찾아오다니 겁이 없구나!"

"낄낄낄! 호랑이 쓸개라도 먹은 모양이지?"

용비는 똑바로 걸어오다가 개방제자들 세 걸음 앞에서 멈춰 섰다. 그들이 자기를 가소롭게 여기고 있는 것을 이용해서 최대한 가깝게 접근했다. 그래야지만 기습이 제대로 먹힐 것이기 때문이다.

용비는 걸어오는 동안 삼원심법을 운기하여 오른팔에는 청룡공을, 왼팔에는 백호공을 가득 일으켜 놓은 상태다.

그날 천추문 인공 숲 속에서 아름드리나무를 일 권에 부러뜨린 것이 정녕 꿈이 아니었다면, 그리고 눈앞에 있는 두 명의 개방제자를 주먹으로 맞히기만 한다면 충분히 승산이 있는 도전이다.

"요조를 내놔라."

용비는 오른쪽의 개방제자에게 선공을 할 계산을 하고 그에게 반걸음 슬쩍 다가가며 중얼거리듯이 말했다.

그런 그에게서 기도가 물씬 풍겨 나왔다. 아까 사우당에서 수진랑이 목격했던 바로 그 기도다.

"이 자식, 정말 기분 더럽게 만드는군."

그러나 두 명의 개방제자는 그것이 용비가 평소에 늘 흘려내는 기분 나쁜 분위기라고 여기고 오만상을 쓰면서 투덜거렸다.

그때 용비가 첫 번째 제물로 삼은 오른쪽 개방자제가 와락 인상을 쓰면서 오른발을 쳐들어 용비의 복부를 걷어차면서 내뱉었다.

"당장 꺼져라, 이 자식아!"

순간 용비는 그의 오른발을 슬쩍 피하면서 왼쪽으로 상체를 기울이며 힘차고도 빠르게 오른 주먹을 뻗어냈다.

휘익!

그는 평소에 틈틈이 못을 던지는 기술과 돌팔매를 수련하는 것 외에도 오룡십이술을 연마했는데, 지금 전개하고 있는 일격은 오룡십이술의 권각술 중 한 변화다.

오른쪽의 개방제자는 용비가 자신의 오른발을 너무도 간단하게 피했을 뿐만 아니라 자신의 얼굴을 향해 맹렬하게 주먹을 뻗어오자, 움찔 놀라며 급히 상체를 뒤로 젖히면서 피하려고 했다.

뻑!

"흐악!"

그러나 거리가 너무 가까웠으며 또한 완전히 방심하고 있던 터라서 피하기는 피했으되 오른쪽 어깨에 용비의 주먹을 적중당하고 말았다.

그는 오른쪽 어깨가 부서지는 극심한 고통을 느끼면서 처절한 비명과 함께 뒤로 붕 날아가 버렸다.

왼쪽의 개방제자는 난데없이 벌어진 상황에 움찔 놀랐다. 그러나 그는 명문 방파인 개방제자답게 반사적으로 즉시 공격 자세를 취했다.

휘잉!

그런데 그 순간 용비의 왼 주먹이 그의 얼굴을 향해 빠르고도 묵직하게 쏘아왔다.

용비는 처음부터 오른쪽의 개방제자를 공격해서 성공시킨 직후에 숨 쉴 틈 없이 왼쪽 개방제자를 공격할 계산이었기 때문에 동작이 민첩했다.

하지만 상대는 개방의 이결제자다. 그것은 그가 최소한 십여 년 넘는 세월 동안 개방의 성명 무공을 피땀 흘리면서 연마했다는 뜻이다.

또한, 그는 첫 번째 개방제자처럼 방심을 하고 있었으나 곧 사태를 깨닫고 다급하나마 공격 자세를 취하고 있었다.

더구나 현재 용비의 기습은 오룡십이술이 바탕이다. 천추문의 하인 등속이 배우는 하급 무술과 개방의 정통 무공은 비교하는 자체가 어불성설이다.

두 번째 개방제자는 자신의 얼굴로 날아오는 용비의 왼 주먹을 옆으로 상체를 기울이면서 어렵사리 슬쩍 피해 어깨 위로 흘려보내고는 번개같이 주먹을 뻗었다.

퍽!

"흑!"

명치에 주먹을 강하게 적중당한 용비는 허리를 새우처럼 굽힌 채 허공으로 두 자 정도 붕 떠올랐다. 숨이 끊어질 것 같은 고통이 엄습했다.

"이 자식이 감히!"

용비의 몸이 땅에 닿기도 전에 두 번째 개방제자의 발끝이 용비의 옆구리에 꽂혔다.

칵!

"끅!"

방금 주먹을 명치에 맞았을 때에는 숨이 끊어질 것 같았는데, 이번에는 몸이 조각나는 것 같은 고통이다.

용비는 셀 수 없을 정도로 많은 싸움을 해봤으나 무림인과 싸워본 적은 한 번도 없었다.

다만 예전에 사우당의 일로 소선개의 부하들, 즉 개방제자들에게 몰매를 맞은 적이 있다. 그때 그는 그들의 주먹과 발길질이 쇠몽둥이로 온몸을 두들겨 맞는 것 같은 충격을 받았다.

그런데 방금 얻어맞은 것은 그것하고는 비교할 수 없을 정도로 위력이 강했다.

그렇다면 그때 개방제자들이 사우당 네 명을 몰매놓은 것은 봐줘가면서 살살 다뤘다는 뜻이다.

이것이 진짜다. 주먹질과 발길질 한 방에 온몸이 쪼개지고 해체되는 것 같은 위력이다.

퍼퍼퍽!

두 번째 개방제자는 용비의 몸이 왼쪽으로 퉁겨 날아가는 것을 그림자처럼 따라붙으면서 연속으로 주먹을 날려 얼굴과 어깨, 가슴을 적중시켰다.

용비는 너무 고통스러워서 비명도 지르지 못하고 고스란히 얻어터졌다.

투다탁!

그는 토지묘 쪽 풀 바닥에 얼굴부터 내동댕이쳐지면서 데구루루 굴렀다.

처음에 명치를 적중당했을 때부터 숨을 쉬지 못했고, 지금은 온몸에 아무런 느낌도 감각도 없었다. 그래서 더 이상 얻어맞지 않는다고 해도 이대로 죽을 것 같다는 생각, 아니, 절망감이 엄습했다.

그러면서 허탈감이 엄습했다. 개방의 이결제자가 이 정도 수준인데 자신은 소선개하고 일대일로 싸워서 이기겠다고 확신했으니 얼마나 한심한 생각이었는가.

용비가 두 번째 개방제자에게 순식간에 박살 나는 광경을 보면서 가슴이 철렁 내려앉은 현도와 낙혼은 동시에 수진랑을 쳐다보았다.

말은 하지 않았지만 바로 지금이 그녀가 나서야 할 때라고 두 사람의 다급한 표정이 말하고 있었다.

그러나 수진랑은 팔짱을 끼고 우뚝 선 채 전혀 나설 생각을 하지 않았다.

그녀의 시선은 용비의 주먹에 오른쪽 어깨를 맞아서 나가떨어진 첫 번째 개방제자에게 고정되어 있었다.

그자는 최초에 용비에게 얻어맞은 곳에서 이 장이나 떨어진 곳 바닥에서 하늘을 향해 누운 자세로 쓰러져 있었다.

그의 오른쪽 어깨는 한눈에도 피투성이에 완전히 박살 난 모습이다. 그런데 그는 눈을 부릅뜬 채 꼼짝도 하지 않았다.

수진랑은 그가 용비에게 일격을 맞았을 때 이미 숨이 끊어졌다는 사실을 한눈에 간파했다.

용비에게 단지 주먹을, 그것도 어깨에 적중됐을 뿐인데 숨이 끊어져 버린 것이다.

수진랑은 그런 경우는 본 적도 들은 적도 없었다. 급소가 아닌 어깨가 박살 났다고 해서 사람 목숨이 그렇게 간단하게 끊어진다는 사실이 이상했다.

사람은 쇠망치로 어깨를 적중당한다고 해도 병신이 될지 언정 죽지는 않는다.

'저 녀석, 틀림없이 뭔가 있어!'

수진랑은 그래서 그렇게 확신했다. 그녀는 설마 용비가 무림고수들이 사용하는 내가중수법이나 내가진기 같은 것을 전개했을 것이라고는 추호도 상상하지 못했다.

하지만 그에게 뭔가 비장의 무기가 감추어져 있는 것이 분명하다고 추측했다.

그녀가 위기에 처한 용비를 뻔히 보면서도 나서서 돕지 않는 이유가 바로 그것이다.

용비가 두 번째 개방제자를 쓰러뜨리는, 아니, 죽이는 광경을 제대로 똑똑히 보고 싶기 때문이다.

그러면서도 그녀는 내심 갈등했다. 지금 용비가 두 번째 개방제자에게 당하고 있는 것을 보면 첫 번째 개방제자를 그토록 쉽게 죽였다는 사실이 언뜻 이해되지 않았다.

지금의 용비는 무공이나 무술 따윈 오로지 오룡십이술밖에 모르는 하류배나 다름이 없기 때문이다.

'조금만 더 기다려 보자.'

용비는 이미 충분히 얻어맞아서 죽기 일보 직전이지만 수진랑은 마지막 순간에 그가 감춰둔 비장의 무기를 발휘할지도 모른다고 기대했다.

두 번째 개방제자는 자신이 용비를 충분히 두들겨 팼다고 판단했다.

그 정도면 용비가 죽었거나 그와 비슷한 상황에 처했을 것이라고 짐작했다.

그는 엎어져 있는 용비를 향해 천천히 걸어갔다. 확인을 해 보고 그가 죽지 않았으면 마지막 일격을 가해서 숨통을 끊어 놓을 생각이다.

그는 걸어가면서 동료 개방제자를 힐끗 쳐다보았다. 동료가 하늘을 보는 자세로 똑바로 누워서 꼼짝도 하지 않는 것을 발견하고 불길한 생각이 들었다.

하지만 죽었을 것이라고는 추호도 예상하지 못했다. 주먹한 방에, 그것도 용비 따위의 무공도 모르는 놈에게 맞아서 즉사했다는 것은 말이 되지 않았다.

그러나 그는 결정적인 실수를 저질렀다. 그는 동료를 쳐다보는 여유 따위 부리지 말고 용비에게만 온 신경을 집중해야만 했다.

아주 잠깐 한눈을 판 대가로 그는 목숨을 바칠 수밖에 없게 되었다.

쐐액!

그가 다시 용비에게 시선을 주었을 때 날카로운 파공음이 정면에서 들려왔다.

그와 함께 두 개의 뭔지 모를 새카만 물체가 빠른 속도로 쏘아오는 것이 보였다.

쓰러져 있던 용비가 품속에서 두 개의 못을 꺼내 사력을 다해서 던진 것이다.

그런데 개방제자가 마침 한눈을 팔고 있어서 그것이 절호의 기회가 되었다.

"으헛!"

개방제자는 놀라서 급히 상체를 흔들어 못 하나를 피했으나 다른 하나가 오른쪽 가슴에 깊숙이 꽂혔다.

"윽."

그가 가슴을 움켜쥐며 약간 비틀거릴 때 용비가 상체를 일으키면서 또다시 무언가를 던졌다.

패앵!

그것은 그가 바닥에서 주운 밤톨만 한 크기의 돌멩이다.

빡!

"큭!"

개방제자는 미처 돌멩이를 피하지 못하고 이마 옆 부위에 호되게 얻어맞았다.

그 순간 다 죽어가던 용비는 어디에서 그런 힘이 솟았는지 갑자기 두 발로 힘껏 바닥을 박차면서 개방제자를 향해 돌진해 갔다.

개방제자의 오른쪽 가슴에 꽂힌 못보다는 이마에 맞은 돌멩이가 결정적인 역할을 해주었다.

돌멩이를 이마에 맞는 순간 그는 눈앞에 불꽃이 확 번지면서 머릿속이 텅 비어버렸다.

돌멩이로는 그를 죽이지 못하지만 죽음의 이르는 길을 만들어주기는 했다.

쾅!

득달같이 달려든 용비의 왼 주먹이 개방제자의 턱을 있는 힘껏 강타했다.

'저거다!'

눈도 깜빡이지 않고 지켜보고 있던 수진랑은 한순간 숨이 딱 멎는 것을 느꼈다.

그녀의 시선 끝에서 용비의 왼 주먹이 개방제자의 턱을 강타하고 있었다.

그런데 그 순간 놀랍게도, 아니, 믿을 수 없게도 개방제자의 머리가 산산이 부서져서 수십 조각으로 화해 허공으로 흩뿌려지고 있었다.

그뿐만이 아니다. 그것들이 하나같이 시뻘건 불덩이가 되어 밤하늘에 부챗살처럼 뻗어 날아갔다. 산산조각난 수십 개의 불타는 머리 조각이 그린 광경은 한 사람이 죽었다는 끔찍한 결과하고는 관계없이 마치 야공을 수놓은 아름다운 유성 같았다.

삼원심법이 생성한 청룡공은 근본적으로 파괴의 위력을 지니고 있다.

그래서 예전에는 청룡파멸공(靑龍破滅功)이라고 불렸다. 물론 그런 이름으로 불리려면 삼원심법을 최고의 경지까지 연공해야만 가능하다.

방금 전개한 백호공은 극열지기(極熱之氣)라서 모든 것을 태워 버린다.

그래서 백호극열공(白虎極熱功)이라는 무시무시한 이름을 지니고 있다.

용비는 초기 단계라서 주먹으로 적중시켜야지만 목표물을 그을리게 하거나 태울 수 있다.

하지만 중간 단계에 이르면 주먹이든 손바닥이든 신체 어느 부위에서든 불길이 뿜어져 나간다.

그리고 최상위 단계에 도달하면 주먹에서 무형의 기운이 뿜어져 수십 장 멀리까지 도달하며 적중되면 강철조차도 단숨에 녹여 버린다.

수진랑은 이번만큼은 용비가 개방제자를 죽이는 광경을 한순간도 놓치지 않고 제대로 보았다.

하지만 광경을 본 것뿐이지 대체 용비의 무엇이 개방제자의 머리통을 부수고 불타게 만들었는지에 대해서는 전혀 짐작조차 하지 못했다.

현도와 낙혼은 입과 눈을 잔뜩 크게 벌린 채 얼굴 가득 극도의 경악을 떠올리고 있었다.

두 사람은 야공을 수놓은 수십 개의 불덩이를 보면서 잠시 현실을 망각해 버렸다.

그저 꿈을 꾸는 듯한 몽롱한 얼굴을 하고 밤하늘로 퍼져 나가는 불덩이들을 우두커니 바라볼 뿐이다.

그렇기 때문에 용비가 이 눈앞의 장관을 만들어냈을 것이라고는 추호도 상상하지 못하는 것이 당연했다.

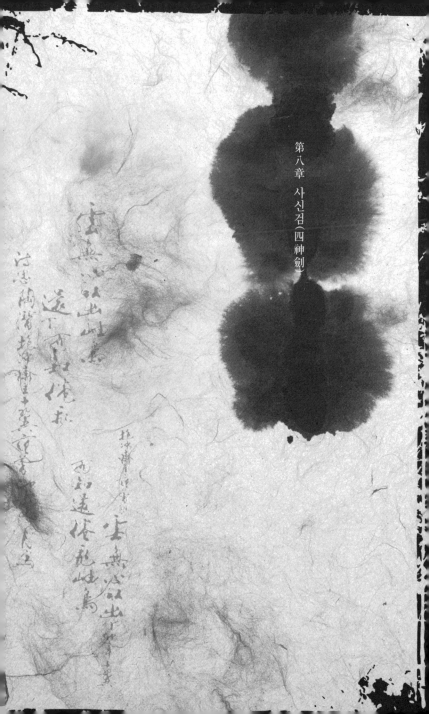

第八章　사신검(四神劍)

萬能書生

"헉헉헉……."

용비는 간신히 버티고 서서 어깨를 심하게 들썩이며 가쁜 숨을 몰아쉬었다.

그는 두 번째 개방제자에게 십여 대 이상 두들겨 맞은 탓에 만신창이가 된 몰골이다.

특히 겉으로 보기에는 얼굴이 심했다. 부어오른 눈두덩과 비뚤어진 코, 찢어지고 터진 입술, 코와 입에서 피가 줄줄 흘러내렸다.

게다가 보이지 않는 부분, 즉 옷으로 덮인 상체는 아프지 않은 곳이 없었다.

용비는 갈비뼈와 어깨뼈가 부러지고 내장이 자리를 이탈하든가 가볍지 않은 내상을 입었을 것이라고 짐작했다.

그는 두 명의 개방제자를 때려눕히고, 아니, 죽여놓고서도 조금도 기쁘지 않았다.

이결인 개방제자가 이 정도 수준이면 조장이며 사결인 소선개는 얼마나 강할지 짐작조차 할 수 없기 때문이다.

문제는 그의 주먹을 상대의 몸에 적중시켜야 한다는 사실이다. 그러나 그것은 결코 쉬운 일이 아니다. 그러기 전에 용비 자신이 먼저 죽을 수도 있는 것이다.

"으……."

쿵!

용비는 비틀거리다가 그 자리에 무너지듯이 무릎을 꿇고는 곧 뒤로 벌렁 자빠졌다.

"비야!"

현도와 낙혼이 나는 듯이 달려오며 소리쳤고, 그 뒤로 수진랑이 천천히 걸어왔다.

용비는 누운 채 토지묘를 가리키며 중얼거렸다.

"으… 요조를……."

낙혼은 용비가 걱정돼서 잠시 머뭇거리다가 즉시 토지묘 안으로 달려들어 갔다.

수진랑은 급히 용비의 맥을 짚어보았다. 그녀는 의술에 대해서는 잘 모르지만, 천추문의 일대제자로서 갖추어야 할 기초적인 의술 정도는 알고 있다.

현도는 초조한 표정으로 수진랑의 얼굴을 주시했다. 그녀의 표정을 통해서 용비의 상태를 짐작하려는 것이다.

그런데 수진랑의 얼굴 앞에 늘 세워져 있는 예리한 칼날이 지금은 사라지고 보이지 않았다. 그리고 적이 놀라는 듯한 표정이 설핏 떠올랐다.

'그렇게 지독하게 당했는데 아무렇지도 않다니……'

그녀는 용비가 최소한 뼈가 여러 군데 부러지고 가볍지 않은 내상을 입었을 것이라고 예상했으나 실제 그는 믿어지지 않을 정도로 멀쩡했다. 맥이 약간 불규칙하고 호흡이 가쁘지만 염려할 정도는 아니다.

수진랑은 침상 가에 꼿꼿한 자세로 앉아서 침상에 누워 있는 용비를 물끄러미 굽어보고 있다.

이곳은 용비네 집 미령루, 그의 방이다. 현도가 혼절한 용비를 업은 수진랑에게 이곳을 가르쳐 주고 갔다.

현도는 자기가 용비를 돌볼 테니까 수진랑에게 그만 가보라고 했으나 그녀의 고집을 꺾지 못했다.

토지묘 안에는 다행히 요조가 감금되어 있었다. 하지만 그녀는 납치된 이후부터 아무것도 먹지 않아서 탈진 상태에 빠져 있었다.

개방제자들은 먹을 것을 주었으나 그녀가 먹지 않은 것이다. 일종의 단식투쟁을 한 것이다.

그래서 낙혼이 그녀를 업고 안전한 장소로 갔다. 사우당으로 갔다가는 토지묘가 습격당했다는 소식을 접한 소선개가 들이닥칠지도 모르기 때문이다.

현도와 낙혼이 용비가 걱정되면서도 수진랑에게 그를 맡긴 이유는 그녀가 무림인이라서 그를 치료해 줄 수 있을 것이라고 믿었기 때문이다.

어차피 이 늦은 밤에 항주 성내로 들어가 봤자 의원은 모두 문을 닫았을 것이다.

하지만 수진랑이 실제로 용비에게 해줄 수 있는 것은 다시 한 번 그의 손목을 잡고 진맥을 한 것과 그의 가슴에 손바닥 장심을 밀착시키고 자신의 부드러운 진기를 주입시켜 준 것이 전부였다.

그녀가 두 번째 진맥을 해본 결과 용비는 토지묘 앞에서 진맥을 했을 때보다 훨씬 더 정상이었다.

개방제자에게 반 죽도록 무지막지하게 얻어 터졌는데도 맥이 힘차게 뛰고 있었다.

그래서 그녀는 적잖이 안심을 하고 침상 가에 앉아서 그를 지켜보고 있는 것이다.

용비는 퉁퉁 붓고 찢어진 얼굴을 하고 고른 숨소리를 내고 있었다.

그래서 수진랑이 보기에 그는 혼절한 것이 아니라 깊이 잠든 것 같았다.

그녀는 용비를 업고 이 방에 들어오기 전에 활짝 열려 있는 옆방 안을 볼 수 있었다.

그 방에는 오십대 여자가 마구 흐트러진 자세로 바닥에 널브러져서 자고 있었다.

그 방에서 지독한 술 냄새가 쏟아지듯이 나는 것으로 미루어 그녀는 술에 만취한 것 같았다.

수진랑은 이 집과 미령루, 그리고 용비 어머니에 대해서 이미 충분히 알고 있었다.

용비에게 천추신뢰검보의 해독을 맡기기 전에 사흘 동안 그를 그림자처럼 미행하는 과정에서 여러 가지를 알게 되었던 것이다.

또한, 그가 천추문 외겸인의 일이 끝나고 귀가하는 도중에 사우당에 들르고, 이후에 귀가하여 자신의 방에서 환약을 만들고 무공서를 해독하는 것도 알고 있었다. 창밖에서 지켜봤기 때문이다.

그래서 수진랑이 이 방 안에 들어와 본 것은 처음이지만 전혀 낯설지 않았다.

그녀는 한차례 천천히 실내를 둘러보고 나서 일어나 문 쪽으로 걸어갔다.

아까 토지묘로 요조를 구하러 갈 때 그녀는 이미 오늘은 천추신뢰검보 해독한 것을 설명 듣기는 어려울 것 같다고 생각했다.

여기까지 온 것은 순전히 용비가 걱정됐기 때문이다. 그런데 그가 정상이며 곤히 잠들었으니 이만 천추문으로 돌아가려는 것이다.

"그냥 갈 거냐?"

그런데 그녀가 막 문을 열려고 할 때 등 뒤에서 용비의 착 가라앉은 목소리가 들렸다.

그녀는 돌아서서 용비에게 다가가며 반가운 듯 흐릿한 미소를 지었다.

"괜찮은 거야?"

용비는 누운 채 그녀를 물끄러미 올려다보다가 불쑥 말했다.

"지금 그거 미소냐?"

꽁!

수진랑은 묵묵히 용비의 머리에 꿀밤을 먹였다.

용비가 비죽거리면서 상체를 일으키려고 하자 수진랑이

손가락 하나를 뻗어 그의 이마를 지그시 눌렀다.

"누워 있어라."

"그럼 누워서 말할 테니 들어라."

"뭘?"

"천추신뢰검보 해독."

수진랑은 가볍게 놀랐다가 어이없는 표정을 짓더니 잠시 후에는 피식 실소를 흘렸다.

"너는 하루에도 몇 번이나 날 놀라게 한 유일한 사람이다."

그날 두 번째의 만남에서 용비와 수진랑의 독특한 우정은 조금 더 끈끈해졌다.

천추신뢰검보의 해독에 대한 설명은 새벽 간시(艮時:3시)에 끝났다.

용비가 예상했던 것보다 수진랑은 조금 더 똑똑했다. 그는 다섯 번 정도 설명을 해주면 그녀가 모두, 그리고 완전히 이 해할 것이라고 예상했는데 그녀는 세 번의 설명만에 목적을 이루었다.

그녀가 불과 삼 년 만에 오대제자에서 일대제자까지 치고 올라간 것은 우연이 아니었던 것이다.

설명이 끝난 후에 그녀는 마당에 나가서 반 시진쯤 검을 휘 둘렀다.

자신이 이해한 천추신뢰검의 초식 변화에 따라서 처음부터 끝까지 한 차례 전개해 본 것이다.

그러고 나서 그녀는 다시 방으로 들어왔다. 용비에게 가겠다고 인사를 할 생각이었다.

원래 그녀의 성격대로 하자면 인사 같은 것은 생략했겠지만, 지난번보다는 이번에 용비하고 조금 더 가까워졌기 때문에 친구지간에는 인사를 해야 한다고 생각한 모양이다.

그런데 수진랑이 들어서자 침상에 눈을 감고 누워 있던 용비가 몸을 움직여서 침상의 절반을 비워주었다.

그는 눈을 뜨지도 수진랑을 쳐다보지도 않았으나, 그녀는 자고 가라는 그의 뜻을 알아차렸다.

그리고는 잠시 그 자리에 우두커니 서 있다가 용비 옆에 똑바로 누웠다.

수진랑은 용비의 뜻을 두 가지로 해석했다. 하나는 정사를 하자는 뜻으로, 또 하나는 밤이 늦었으니까 자고 가라는 단순한 뜻으로 말이다.

그녀는 만약 용비가 정사를 원한다면 저항하지 않고 얌전하게 받아들일 생각이다.

그러나 그 후에는 두 번 다시 용비를 보지 않겠다고 마음먹었다. 용비가 원하는 것은 친구가 아니라는 사실을 깨달았기 때문이다.

결국, 그는 친구가 되자고 먼저 말했으면서 목적은 다른 것에 있었던 것이다.

하지만 만약 용비가 아무것도 원하지 않고 그냥 잔다면 수진랑은 지금보다 그를 좀 더 가까운 친구로 여겨야겠다고 생각했다. 그에겐 충분히 그럴 자격이 있으니까.

그런데 반 시진이 지났는데도 용비는 그녀의 몸을 원하지 않았다.

그는 그녀에게 등을 보인 채 돌아누워서 꼼짝도 하지 않았다. 고른 숨소리로 미루어 깊이 잠이 든 것 같았다.

문득 수진랑은 아까 토지묘에서 용비가 두 명의 개방제자를 죽일 때 전개한 수법에 대해서, 그리고 죽도록 얻어 터졌는데도 아무렇지 않은 이유에 대해서 물어볼까 하다가 그만두었다. 그런 것을 묻기에는 지금의 상황이 적절하지 않다고 판단했다.

그리고 그 시각에 사실 용비는 자지 않고 있었다. 그는 청룡공과 백호공에 대해서, 그리고 자신이 개방제자에게 흠씬 두들겨 맞고서도 어째서 멀쩡한지 그 이유에 대해서 곰곰이 생각하고 있었다.

＊　　　＊　　　＊

사부 완사는 인공 숲 속에서 용비에게 간접적인 가르침을 내린 이후에는 더 이상 아무것도 가르쳐 주지 않았다.

그렇지만 용비는 조금도 실망하지 않았다. 원래 그는 실망이나 후회, 절망 같은 것을 모르는 성격이다.

폭풍우가 몰아치는 망망대해 한복판에 내버려져도, 호랑이들이 우글거리는 구덩이 속에 던져진다고 해도 반드시 빠져나갈 길이 있다고 믿는다.

그것은 그의 성격이 낙천적이라서가 아니다. 오히려 그는 염세적인 성격에 가깝다. 다만 코흘리개 시절부터 온갖 풍파를 헤쳐 나온 숱한 경험 덕분에 불굴의 투지 같은 것이 형성된 것이다.

그는 사부가 삼원심법에 청룡공과 백호공이 있다는 사실과 그것을 사용하는 방법을 간접적으로 가르쳐 준 것에 대해서 크게 감사하고 있다.

그래서 그날 이후 틈만 나면 청룡공과 백호공을 자유자재로 사용할 수 있는 수법과 삼원심법 안에 뭔가 또 다른 기운이 내재되어 있지 않을까에 대해서 부단히 공부하고 있다.

지금 용비는 사부 완사의 방에 그를 향해서 단정히 무릎을 꿇고 있다.

토지묘에서 요조를 구해낸 지 이틀이 지난 그의 얼굴은 거의 평소의 모습으로 돌아와 있었다.

"받아라."

사부는 침상 아래에 수북하게 쌓아놓은 그림더미 속에서 어떤 물건 하나를 찾아내서 용비에게 내밀었다.

용비는 무릎을 꿇은 자세에서 그 물건을 받으려고 공손히 두 손을 내밀었다.

그것은 어린아이 팔뚝 정도 두께의 새카만 나무였다. 아니, 나무인지 무엇인지 잘 모르겠으나 용비의 첫 느낌에는 나무 인 것 같았다.

슥—

그 물체가 손바닥에 닿는 느낌이 얼음장처럼 차가웠다.

꿍!

"앗!"

그런데 엄청나게 무거워서 용비는 그 물체를 받는 순간 두 팔이 아래로 확 처지면서 손등이 바닥에 세게 부딪치고 말았 다.

사부가 마치 젓가락처럼 가볍게 건네주기에 아무 생각 없 이 받았다가 낭패를 당하고 말았다.

그는 손등이 으깨지는 고통이 엄습했으나 신음 소리조차 흘리지 않았다.

고통에는 여러 종류가 있는데 어떤 고통이든 그는 이력이 났다. 그보다는 이것이 대체 뭐기에 이렇게 무거운지 의문이 생겼다.

그는 두 손바닥을 바닥에 붙인 상태에서 손바닥 위에 놓여 있는 물체를 자세히 살펴보았다.

완사는 용비가 고통 때문에 얼굴을 잔뜩 찌푸린 상태에서도 물체를 세밀하게 살피고 있는 모습을 빙그레 미소를 지으며 바라보았다.

호기심과 흥미는 위대한 목표를 이루는 시발점이다. 그런 것을 느끼지 못하는 자는 아무것도 이루지 못한다. 그것은 진리다.

용비의 손바닥 위에 올려 있는 물체는 먹물을 바른 것처럼 새카맸다.

그리고 검은 윤기가 자르르 흘렀다. 길이는 한 자 반이며 아무런 형태도 문양도 없었다.

또한, 처음에는 나무 같았는데 자세히 보니까 나무도 아니고 쇠도 아닌 것 같았다.

그런데 아무리 살펴봐도 무슨 재질인지 알 수가 없다. 용비로선 생전 처음 보는 물체이고 또 재질이었다.

"비야, 그것을 오른손으로 검처럼 들어 올려봐라."

사부가 조용히 일러주었다.

용비는 사부가 시키는 대로 시도해 보았다. 왼손을 빼고 오른손으로 새카만 물체, 즉 묵봉(墨棒)의 끝을 힘껏 움켜잡고 그것을 들어 올리려고 힘을 주었다. 하지만 생각처럼 쉽지가 않았다.

그는 비록 마른 체구지만 힘을 쓰는 일이라면 누구에게도 꿀리지 않았다.

또한, 항주에서도 알아주는 독종이다. 힘으로 안 되는 것은 독기로 밀어붙였다. 그런데 그것만으로는 묵봉을 들어 올리는 것이 힘에 부쳤다.

평소에 그는 자신이 최대 이백 근까지는 한 손으로 힘겹게나마 들어 올릴 수 있다고 자신했는데 이것은 그보다 훨씬 무거웠다.

"으으윽……!"

그는 어금니를 힘껏 악물고 목과 이마에 힘줄을 세우면서 젖 먹던 힘까지 다해 묵봉을 들어 올렸다.

그는 상상도 못하겠지만 사실 묵봉의 무게는 천 근이다. 만약 완사가 무게를 말해주었다면 그는 지레 불가능하다고 생각해서 들어 올리려고 시도조차 못 했을 것이다.

그런데 묵봉이 아주 느리게, 그리고 무척이나 힘겹게 들어 올려졌다.

그가 들어 올릴 수 있는 최대 무게가 이백 근인데 지금 천 근을 들어 올리고 있는 것이다. 이것이 바로 집념, 그리고 독종의 힘이다.

사부는 엷은 미소를 지으며 그 광경을 지켜보았다. 용비가 삼원심법을 운공하여 진기로써 묵봉을 들어 올렸다면 어렵지 않게 성공했을 것이다.

그런데 순전히 자신의 힘만으로 들어 올리는 우직한 모습을 보면서 순진무구한 제자가 너무도 귀여웠다.

"비야, 이제 삼원심법의 사방신을 한꺼번에 일으켜서 사신검(四神劍)에 주입해라."

용비는 오른팔이 부러질 것처럼 바들바들 떠는 와중에 묵봉의 이름이 사신검이라는 사실을 처음 알게 되었다.

그는 즉시 삼원심법을 운공하여 청룡공과 백호공, 주작공, 현무공을 차례로 일으켰다가 그것들을 일제히 사신검에 주입했다.

슈아악—!

그런데 그 순간 그의 오른손에 쥐어져 있던 묵봉, 아니, 사신검이 찰나지간에 감쪽같이 사라져 버렸다.

"아……."

그는 움찔 놀라서 자신의 손바닥을 내려다보았다. 놀라움이라고는 모르는 그이지만 이 순간만큼은 정녕 놀라지 않을 수가 없었다.

"헛!"

그런데 그의 눈이 더욱 놀라움으로 커졌다. 오른 손바닥에 마치 묵봉을 쥐고 있는 듯한 문양의 새카만 묵색 문신 같은 것이 새겨져 있었기 때문이다.

방금까지 쥐고 있던 사신검이 감쪽같이 사라지고 대신 새카만 문신이 손바닥에 남다니 실로 귀신이 곡할 노릇이 아닐 수가 없다.

용비는 자신의 오른손과 사부를 번갈아 쳐다보면서 영문을 알 수 없다는 표정을 지었다.

그러나 사부는 빙그레 미소만 짓고 있을 뿐 아무 말도 하지 않았다. 용비 스스로 알아내라는 뜻이다.

자신의 오른손을 내려다보고 있던 용비는 문득 무언가를 발견했다. 손바닥에 새겨진 문신이 손목 안쪽으로 이어져 있는 것이다.

스슥—

급히 소매를 걷자 과연 어린아이 팔뚝 폭의 문신이 한 마리 뱀이 칭칭 감고 있듯이 그의 손목에서 팔꿈치까지 이어져 있었다.

움찔 표정이 변한 그는 혹시나 하는 생각에 상의를 벗고 살펴보았다.

그의 예감이 맞았다. 칭칭 감긴 시커먼 문신은 어깨 바로 아래까지 이어져 있었다.

도대체 그토록 무거웠던 물체가 어떻게 해서 삽시간에 그의 손과 팔에 휘감겨서 문신이 되었는지 아무리 생각해 봐도 모를 일이다.

　문득 그는 자기가 삼원심법을 운공하여 사방신의 기운을 사신검에 주입하는 순간 사라졌다는 사실을 떠올렸다. 그렇다면 사신검은 삼원심법의 사방신 기운과 모종의 관계가 있는 것이 분명했다.

　하지만 그가 추측할 수 있는 것은 거기까지가 한계다. 그 이상은 벽에 부닥친 것처럼 한 걸음도 나가지 못했다.

　"비야, 그것은 사신검이라고 하며 과거에 사부가 사용하던 무기이니라."

　용비가 갈팡질팡하자 완사는 조용한 목소리로 설명했다.

　"삼원심법에는 삼강(三罡)과 사공(四功)이 있다. 삼강은 태미신강(太微神罡), 자미신강(紫微神罡), 천시신강(天市神罡)이고, 사공은 청룡공, 백호공, 주작공, 현무공이다."

　용비는 사부가 갑자기 삼원심법에 대해서 강론을 하자 정신이 번쩍 들어 귀를 쫑긋 세웠다.

　"현재 너는 사공을 사용할 수 있는 수준이므로 삼원심공(三垣心功)이라고 할 수 있다. 장차 삼강을 생성하여 사용하게 되면 삼원신강(三垣神罡)이라고 부른다."

　사부는 용비의 오른팔 문신을 가리켰다.

"사공 중에 아무것이나 일으키면 사신검이 제 모습을 형성하여 발휘될 것이다."

용비는 자신의 오른팔을 들어 올려 살펴보았다.

"삼원신강을 완성하기 전에는 결코 사신검을 사용하지 마라. 하나 네 목숨이 위태로울 때는 어쩔 수 없이 사용해야만 하겠지. 단, 사신검을 발휘하면 그곳에 있는 사람은 모두 죽여라. 알겠느냐?"

용비는 눈을 크게 떴다. 그러나 놀라고 자시고 할 겨를이 없다. 그는 급히 고개를 조아렸다.

"명심하겠습니다, 사부님."

"그만 가봐라."

사부는 가볍게 손을 내젓고는 탁자에 차려진 오늘 용비가 가져온 술과 안주를 향해 돌아앉아 술잔을 집어 들었다.

용비는 잠시 그대로 앉아 있다가 사부를 향해 공손히 절을 하고는 조심스럽게 방에서 나왔다.

　　　　*　　　　*　　　　*

천추문의 소문주 한정과 한무군은 몇 명의 사범과 함께 연무장에 모여 있었다.

그들의 앞에는 이대제자 한 사람이 무릎을 꿇은 자세로 얼굴이 바닥에 닿을 듯이 고개를 푹 숙이고 있다. 무언가 큰 죄를 지은 듯한 모습이다.

한정과 한무군은 적잖이 놀라는 표정을 지으면서 무릎을 꿇고 있는 이대제자를 굽어보고 있었다.

"음! 본 문 내에서 그런 일이 벌어지고 있었다니 믿어지지 않는군."

오랜 침묵을 깨고 한무군이 무거운 신음과 함께 착 가라앉은 목소리로 말문을 열었다.

"소문주, 저도 처음에 그런 사실을 알았을 때는 절대로 믿지 않았습니다."

한무군 옆에서 그렇게 말한 사람은 이대제자 사범 중 한 명인 장충림(張忠淋)이었다. 그는 꿇어앉은 이대제자를 가리키며 말을 이었다.

"그러나 이 녀석을 문초하여 사건의 전말을 밝혀내고는 믿지 않을 수가 없었습니다."

무슨 사건인지는 몰라도 한무군과 한정, 그리고 사범들 모두 몹시 침통한 표정이었다.

한무군은 착잡한 표정으로 이대제자를 보며 말했다.

"얼굴을 들어라."

그러나 이대제자는 움찔 가볍게 몸을 떨 뿐 고개를 들지 못하고 우물쭈물했다.

쿵!

"이놈! 소문주께서 고개를 들라고 말씀하셨거늘!"

사범 장충림이 발을 구르며 호통을 치자 이대제자는 화들짝 놀라서 번쩍 고개를 쳐들었다.

그런데 놀랍게도 고개를 든 사람의 얼굴은 틀림없는 이대제자 염상웅이었다.

용비에게 낙영팔검보를 해독해 달라고 청탁했던 바로 그 염상웅이 분명했다.

그는 일그러진 표정에 눈물과 콧물을 흘리며 더없이 애처로운 표정을 지으며 한무군을 우러러보았다.

"용서하십시오, 소문주. 죽을죄를 졌습니다. 제발⋯⋯."

한무군은 슬쩍 눈살을 찌푸렸다.

"장 사범이 한 말이 모두 사실이냐?"

"그렇습니다. 용서하십시오."

염상웅이 너무 우는소리를 하자 한무군은 그렇지 않아도 심란한 터에 은근히 짜증이 났다.

"그자가 낙영팔검보 전체를 겨우 이틀 만에 해독했더라는 말이냐?"

"네, 그렇습니다."

낙영팔검이 천추문의 최고 검법은 아니더라도 열 손가락 안에 꼽히는 성명 검법인 것만은 분명하다.

그런데 무림인도 아니고 더구나 천추문 제자도 아닌 일개 비천한 외겸인이 단 이틀 만에 해독을 했다니 놀라기에 앞서 어처구니가 없었다.

게다가 천추문의 높은 긍지와 명예가 한순간에 추락해 버린 것 같아서 한무군은 속에서 쓴 물이 올라왔다.

한무군은 장 사범에게 자초지종을 다 들었으나 자신이 직접 하나씩 확인을 해봐야 직성이 풀릴 것 같았다.

"낙영팔검보를 해독해 준 자가 본 문의 외겸인이 분명하더냐? 혹시 잘못 알고 있는 것이 아니냐?"

그 물음에는 혹시 천추문의 명예에 흠집을 내려는 외부 세력의 음모였으면 좋겠다는 한무군의 간절함과 발버둥이 담겨 있었다.

그런 오빠의 마음을 읽은 한정은 씁쓸한 마음을 금하지 못했다. 하지만 그녀는 염상웅의 입에서 무슨 말이 나올지 짐작하고 있었다.

아까 장 사범이 해준 말은 하나도 틀림이 없을 것이다. 장 사범이 직접 염상웅을 문초한 내용이니까 말이다.

염상웅은 자신이 한무군 앞에서 한 번 더 이실직고하면 용서를 받을까 하는 심정으로 더욱 애처로운 표정을 지으면서 눈물을 짜냈다.

"그놈은 본 문 숙객당 주방의 외겸인이 분명합니다. 이름

은 명귀라고 하는데 낙영팔검보를 한 번 건성으로 훑어보고
는 이틀이면 충분히 해독하겠다고 말했습니다. 만약 제가 더
을렀다면 하루 만에 해독했을 것입니다."

"하루?"

이틀도 기가 막히는데 하루라는 말에 한무군의 짙은 검미
가 꿈틀거렸다.

천추문의 명예가 실추되는 것은 물론이고 한무군 자신의
자존심마저 형편없이 짓뭉개지는 기분이다.

"음! 그자에게 대가로 돈을 지불하였느냐?"

"그… 렇습니다. 제가 은자 이천 냥을 주겠다고 했으나 명
귀, 아니, 그자가 천 냥만 받겠다고 해서… 수고비로 백 냥을
얹어서 도합 천백 냥을 주었습니다."

"은자 천백 냥씩이나……."

한무군의 귀에는 '은자 천백 냥'이라는 말만 들어왔다. 염
상웅이 이천 냥을 주겠다는데 명귀가 천 냥만 받겠다고 했다
는 겸양의 말 같은 것은 들리지도 않았다. 분노가 필요한 말
만 듣게 하기 때문이었다.

한무군이 염상웅을 직접 취조하여 알아낸 사실들은 대강
이러했다.

숙객당 주방 소속 외겸인 명귀는 염상웅 이전에도 이미 수
십 명의 제자에게 똑같은 방식으로 무공서를 해독해 주고서

대가로 돈을 챙겼다.

그러나 정작 명귀 자신은 무공을 전혀 하지 못한다. 그러면서도 그가 해독하지 못하는 무공서가 없다.

명귀가 무공서를 해독하여 설명해 주는 것은 천추문의 어떤 사범보다도 알기 쉬웠으며, 사범들이 놓친 부분과 중요한 핵심까지도 상세하게 가르쳐 주었다.

그래서 명귀가 해독해 준 무공서로 수련을 한 제자 중에서 그 무공을 완벽하게 섭렵하지 않은 사람이 한 명도 없다는 것이다.

한무군은 더 이상 스스로 분노를 주체하지 못했다. 아니, 뭉개진 자존심 때문에 어찌할 바를 몰랐다.

쉬운 예로 그 자신이 낙영팔검을 해독하는 데에는 두 달이 소요됐으며, 그것을 완벽하게 터득하기까지는 총 반년이 걸렸다.

그것에 비하면 염상웅은 낙영팔검을 해독하여 설명을 듣고 이해하는 데 닷새, 그리고 완벽하게 터득하는 데 다시 닷새가 걸렸다고 한다.

한무군이 반년이나 걸려서 터득한 낙영팔검을 명귀의 도움을 받은 염상웅은 불과 열흘 만에 터득했다고 하니 머리가 이상해질 지경이 돼버렸다.

"명귀라는 놈을 당장 잡아들여라!"

한무군은 사범들에게 서릿발처럼 명령했다.

사범들이 기다렸다는 듯이 우렁차게 대답하고 연무장 입구로 우르르 달려가는데 갑자기 한정이 낭랑한 목소리로 그들을 제지했다.

"잠깐 기다려요."

사범들이 멈춰서 돌아서고, 한무군이 의아한 표정을 짓자 한정은 차분한 목소리로 입을 열었다.

"나라에는 국법이 있듯이 본 문에도 문규(門規)라는 것이 있어요. 그런데 명귀라는 사람이 본 문의 어떤 문규를 어겼는지 말씀해 주실 분 계신가요?"

한무군과 사범들은 한정의 느닷없는 말에 멍한 표정을 지었다가 곧 씁쓸한 표정으로 변했다.

천추문에는 총 삼백여 항에 달하는 엄격한 문규가 있지만, 실상 하인이 천추문의 제자를 가르치면 안 된다든가, 무공서를 대신 해독해 주면 안 된다는 문규는 어디에도 없다. 그런 일이 일어날 가능성이 전혀 없기 때문에 아예 그런 문규를 만들지 않은 것이다.

한무군과 사범들이 꿀 먹은 벙어리처럼 멀뚱거리며 서 있자 한정은 차분하게 말을 이었다.

"명귀라는 사람이 문규를 어긴 것도 아닌데 대체 무슨 죄로 그를 잡아들여서 치죄한다는 말인가요?"

"정아……."

"소녀 생각에 본 문에서는 오히려 그 사람에게 상을 내려야 할 것 같아요."

"그게 무슨 말이냐?"

한정은 총명한 눈을 빛내며 희고 긴 손가락을 하나 세웠다.

"그 사람 덕분에 본 문의 많은 제자가 포기할 뻔하거나 오랜 세월 동안 질질 끌어야 했던 무공들을 쉽게 이해하고 터득하게 되었어요. 본질적으로 그 사람은 본 문에 큰 이득을 주었을지언정 해를 입히지는 않았어요."

그녀는 말을 마치고 한무군을 바라보았다.

"오라버니 생각은 어떠세요?"

한무군은 무지몽매하지도 자기 고집만 내세우는 모난 성격이 아니다.

그는 한정의 말에 충분히 공감했다. 그리고 자신이 명귀 때문에 자존심이 크게 상했으며, 천추문의 명예가 실추됐다고 잘못 생각했던 점을 깨달았다.

"네 말을 듣고 보니 과연 그는 잘못한 것이 없구나."

"그렇지요? 더구나 그는 일개 외겸인의 신분이지만 엄연히 본 문의 사람이에요."

한무군은 한정의 말에 뭔가 깊은 뜻이 있다고 생각했다.

"네 말뜻은 무엇이냐?"

"이 기회에 명귀라는 사람을 본 문의 정식 제자로 입문시키거나 사범으로 영입한다면 장차 본 문에 큰 득이 되지 않겠어요?"

"과연!"

한무군은 무릎을 치면서 격절탄상했다. 이거야말로 전화위복이 아닐 수 없다.

"하하하! 네 말이 옳다! 그가 외겸인이라고는 하지만 본 문 사람이 분명하다! 그러므로 이것은 걱정할 일이 아니라 큰 행운이 굴러들어 왔다고 생각해야 되는구나!"

한정은 배시시 미소 지으며 고개를 끄덕였다.

"그렇지요?"

한무군은 진중한 표정으로 고개를 끄덕였다.

"그러나 어쨌든 나는 그 괴물 같은 명귀라는 소년을 직접 만나보고 싶다."

천목산에서 자신의 목숨을 구해준 이름 모르는 소년을 찾지 못해서 그동안 몰라보게 수척해진 한정은 이번 소위 '명귀의 무공서 해독 사건'에는 조금 관심이 생겼다.

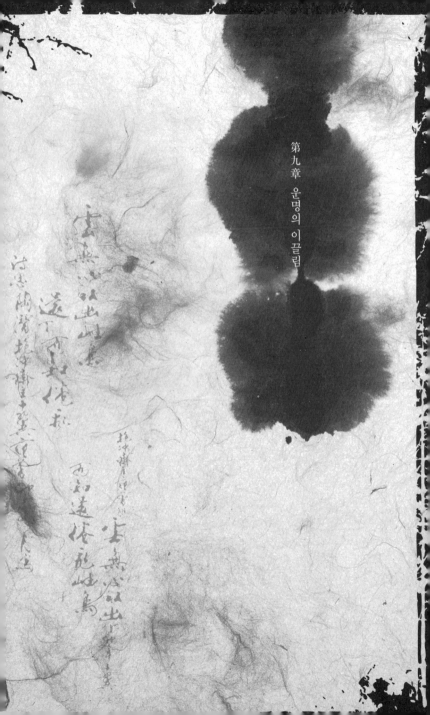

第九章 운명의 이끌림

萬
能
書
生

천추문 숙객당 주방이 생긴 이래 처음으로 경천동지할 대사건이 벌어졌다.

천추문에는 소문주가 둘뿐인데 그 두 사람이 여러 명의 사범을 거느리고 동시에 숙객당 주방을 찾아온 것이다.

주방의 숙수들과 내, 외겸인 중에 출퇴근을 하는 사람은 다섯 손가락으로 꼽을 정도고, 대부분은 주방 옆에 딸린 숙소에서 묵는다.

숙수와 내겸인의 일이 끝나는 시간은 식사 시간이 끝난 신시(辛時:저녁 7시)다. 외겸인은 주방의 일하고는 직접적인 연관이 없기 때문에 반 시진 이른 유시(酉時:저녁 6시)에 일을 파한다.

숙객당 주방에 두 명의 소문주가 들이닥친 것은 유시가 일각쯤 지난 시간이었다.

주방 안에서 마지막 마무리를 하고 있던 삼십여 명의 숙수와 내겸인들은 일제히 바닥에 무릎을 꿇고 머리를 조아렸다.

"명귀가 누구냐?"

장충림 사범이 몸에 밴 고압적인 말투로 물었다.

주방 총책임자인 방 숙주는 간신히 고개를 들고 떨리는 목소리로 대답했다.

"이곳 주방의 외겸인입니다만… 어인 일로…….."

"지금 이곳에 있느냐?"

방 숙주는 그 사실을 모르기 때문에 뒤돌아보며 대답을 해 줄 사람을 찾았다.

"명귀는 퇴근했습니다."

방 숙주 뒤쪽에서 누군가 고개도 들지 못한 채 공손히 대답했다.

"확실하냐?"

"그… 렇습니다. 조금 전에 퇴근하는 것을 소인이 직접 봤습니다."

"이런……."

장 사범은 낭패라는 듯 주먹을 휘두르고는 생각난 듯이 급히 물었다.

"명귀의 집을 아는 사람이 있느냐?"

그러나 아무도 대답하지 않고 주방 안은 쥐 죽은 듯이 고요했다.

장 사범이 발을 구르면서 윽박지르려는 것을 한정이 손을 들어 제지하고 뒤로 물러서도록 했다.

그녀가 보기에 장 사범은 고양이가 쥐를 잡듯이 너무 고압적이고 언행이 과격했다.

그러는 것은 그의 성격 탓이 아니라 제자들에게 엄격하게 교육을 하다 보니 몸에 밴 습관이었다.

한정은 주방에 속한 사람들을 한 명씩 찬찬히 살펴보았다. 그러는 동안 착 가라앉은 침묵이 흘렀다.

그리고 약간의 시간이 흐른 후 한정의 시선이 한 사람에게 고정되었다.

그 사람은 끝쪽에 부복해 있는데 남루한 옷을 입은 여자 내겸인이었다. 그녀가 다른 사람들보다 유난히 많이 떨고 있었기 때문에 한정의 눈길을 끌었다.

"거기, 머리를 두 갈래로 땋은 쑥색 옷을 입은 여자 분, 일어나 보세요."

한정의 부드럽고 나긋나긋한 목소리가 조용히 실내를 울렸다. 그 목소리에는 상대를 안심시키고 신뢰시키는 무언의 힘이 실려 있는 듯했다.

주방 사람들은 한정이 누굴 가리킨 것인지 조심스럽게 자기들 주위를 두리번거렸다.

"아!"

그때 끝쪽의 머리를 두 갈래로 땋고 쑥색 남루한 옷을 입은 여자가 화들짝 놀라 탄성을 터뜨렸다.

소문주가 지목한 사람이 자신이라는 사실을 깨달은 것이다.

그녀는 숙객당 주방에서 명귀하고 가장 친한 지연화였다.

그녀가 바들바들 떨면서 간신히 고개를 들자 모두 그녀를 주시하고 있었다. 그 바람에 그녀는 머릿속이 새하얗게 되어 극도의 현기증을 느꼈다.

몇 사람이 지연화를 손으로 가리키며 입을 모았다.

"연화가 명귀하고 제일 친합니다."

"명귀에 대해서라면 연화가 제일 잘 알고 있을 겁니다."

"아……."

너무 겁이 난 지연화는 그대로 혼절해 버렸다.

사우당은 일시적으로 비워둔 상태다. 용비가 소선개 문제를 해결할 때까지 취해진 잠정적인 조치다.

소문에 의하면 소선개는 사우당의 네 친구를 찾으려고 항주 성내 곳곳을 이 잡듯이 뒤지고 다닌다는 것이다.

그래서 용비를 비롯한 네 친구는 은밀한 곳에서 함께 생활하고 있었다.

용비는 천추문을 쉴 수 없어서 계속 다니고 있다. 아니, 솔직히 말하자면 사부 완사를 만나는 일과 천추문 제자들의 무공서 해독 일 때문에라도 절대로 쉴 수가 없다.

요즘 들어서 그는 사부를 매일 뵈러 간다. 하지만 중요한 일은 없다. 지난번에 사신검을 주고 삼원심법에 대해서 말해 준 것이 전부다.

그 이후에 사부는 어린 제자와 한가롭게 바둑을 두거나 제자가 갖고 온 술을 함께 마시면서 주도(酒道)를 가르치고 있는 중이다.

그러나 만약 사부가 뭔가를 더 가르쳤다면 용비의 머리는 터져 버리고 말았을 것이다.

그는 이미 삼원심법과 사신검만으로도 포화상태다. 그것들을 아직 완전히 이해하지도 못하고 사용할 줄도 모르는데 더 이상 가르치는 것은 물이 넘치고 있는 항아리에 자꾸 물을 더 붓는 것밖에 안 된다.

천추문의 온갖 무공서를 막힘없이 해독한 그였으나 삼원심법만큼은 결코 녹록하지가 않았다.

그리고 염상웅의 낙영팔검보를 해독해 준 이후로는 무공서 해독하는 일이 뜸하지만, 언제나 그렇듯이 그 일은 예고가 없이 어느 날 갑자기 불쑥 청탁이 들어온다.

어쨌든 천추문을 쉴 수 없는 용비는 출퇴근 시간에 친구들이 있는 곳까지 왕래하는 동안 극도로 조심하고 있다.

행여 개방제자들에게 미행이라도 당하는 날에는 끝장이다.

집에는 가지 않는다. 갈 수가 없다. 소선개나 그의 부하들이 그곳을 지키고 있을 것이 뻔하기 때문이다.

어머니가 걱정되기는 하지만 지금으로선 어쩔 도리가 없는 상황이다.

어머니에게 잠시 주루를 닫고 어딘가에 피해 있자고 말했다가 용비는 그녀에게 맞아 죽을 뻔했다.

그래서 설마 소선개가 어머니에게까지 무슨 짓을 하지는 않을 것이라고 생각한다.

용비 어머니 미령은 오늘 밤에도 어김없이 주루에 찾아온 남자 손님들과 어울려서 술을 마시고 있는 중이다.

그녀는 산적처럼 생긴 중년 사내의 무릎에 앉아서 몸을 꼬고 비틀며 온갖 교태를 부리면서 무엇이 좋은지 연신 간드러진 교소를 터뜨리고 있다.

남자 손님들은 언제나 그렇듯이 오늘도 미령이 사는 술이라 여기고는 제집인 양 흥청망청 부어라 마셔라 노래를 부르고 소리를 지르느라 주루 안이 시끌벅적했다.

차륵.

그때 주루 입구의 주렴이 흔들리는 소리가 나며 세 명의 건장한 개방제자들이 느릿느릿 들어섰다.

그들의 행동을 보면 술을 마시러 온 것이 아니라 시비를 걸러 왔다는 것을 한눈에 알 수가 있다. 건들거리면서 실내를 여기저기 힐끗거리고 가만히 있는 탁자나 의자를 발로 툭툭 걷어찼다.

건장한 사내 품에 안겨 있던 미령이 개방제자들을 힐끗 보고는 손을 내저었다.

"거지새끼들한테는 술 안 팔아! 당장 나가라!"

여기저기에서 와자하게 웃음소리가 터져 나왔다.

그러나 웃지 않고 오히려 표정이 굳어지는 몇몇 사람들은 그들이 보통 거지가 아니라 개방제자들이라는 사실을 알아차린 축들이다.

물론 항주 기루에서 잔뼈가 굵은 미령은 한눈에 그들이 개방제자라는 사실을 알아보았다. 하지만 그녀는 수많은 무림

고수들을 상대했기 때문에 개방제자들은 사람 취급도 하지 않았다.

불쑥 들이닥친 세 명의 개방제자는 별다른 말이나 행동을 취하지 않고 그저 우뚝 서 있거나 건들거리기만 했다. 하지만 그것만으로도 충분히 위협이 되고도 남았다.

잠시가 지났을 때 그들이 개방제자라는 사실이 모두에게 다 알려졌다.

이후 손님들은 하나둘씩 슬금슬금 개방제자들의 눈치를 살피면서 주루를 빠져나갔다.

미령은 남자 손님들에게 가지 말라고 붙잡고 늘어졌으나 잔뜩 겁먹은 그들은 그녀를 매정하게 뿌리치고 뒤도 돌아보지 않고 도망쳤다.

"이 냄새 나는 거지새끼들아! 당장 꺼지지 못해!"

그녀는 한창 즐겁게 놀고 있는 것을 방해한 개방제자들이 원망스러워서 겁도 없이 앙상한 주먹을 휘두르면서 그들에게 달려들며 악을 써댔다.

짝!

"악!"

개방제자 하나가 슬쩍 피하면서 귀싸대기를 후려갈기자 미령은 팽그르르 몸이 돌면서 뾰족한 비명을 지르며 바닥에 쓰러졌다.

미령은 금세 한쪽 뺨이 퉁퉁 부었으며 입과 코에서 피를 흘리며 그대로 혼절해 버렸다.

하지만 그대로 혼절해 있으면 좋을 것을 그녀는 잠시 후에 신음을 흘리며 깨어났다.

뺨 한 대 맞았을 뿐인데 머리가 조각나는 것 같고 얼굴 전체가 찢어지는 듯이 고통스러웠다.

"으으… 이놈, 거지새끼들…….."

그러면서도 그녀는 조금도 겁먹지 않고 바닥에 주저앉은 채 궁둥이를 들썩이며 개방제자들에게 삿대질을 하면서 서슬이 퍼레서 울러댔다.

누가 뭐래도 그녀는 여전히 항주 최고의 명기 미령인 것이다.

그녀는 십구 년 전 그 화려했던 삶에서 아직 깨어나지 못하고 있었다.

쿵!

조금 전에 그녀의 뺨을 갈겼던 개방제자 한 명이 그녀 앞에서 발로 바닥을 세게 구르며 으르딱딱거렸다.

"이봐! 아줌마!"

"네 눈엔 내가 아줌마로 보이냐? 이 썩을 놈아!"

"어허, 이 여자, 몇 대 더 맞아야 정신을 차리겠구만?"

콱!

"아악!"

개방제자가 한 손으로 미령의 머리카락을 거칠게 움켜잡자 그녀는 찢어지는 비명을 질렀다.

"아줌마 아들놈 용비가 어디에 있는지 말해주면 아프게 하지 않겠다. 알아들어?"

개방제자는 미령의 머리카락을 틀어쥐고는 번쩍 들어 올려서 이리저리 거칠게 흔들어댔다.

"아아악!"

미령은 머리카락이 온통 뽑히는 고통에 더 이상 발악하지 못하고 눈물을 쏟으면서 애처롭게 비명을 질렀다.

차륵.

그때 주렴이 걷히는 소리가 나면서 일단의 무리가 주루 안으로 들어섰다.

개방제자 세 명의 시선이 일제히 그쪽으로 쏠렸다. 동시에 반사적으로 공격할 태세를 갖추었다. 그러나 그들은 곧 놀란 표정으로 움찔했다.

들어선 사람은 한무군과 한정, 장 사범과 다른 두 명의 사범이었다.

그들은 주루에 들어서자마자 뭔가 심상치 않은 일이 일어나고 있다는 사실을 직감했다.

미령의 머리카락을 움켜잡고 있던 개방제자는 그녀를 슬

그머니 놓아주고 물러났다.

"아윽!"

쿵!

잔뜩 들어 올린 상태였던 미령은 바닥에 둔탁하게 떨어지며 비명을 질렀다.

세 명의 개방제자들은 한무군과 한정이 천추문의 소문주이고, 다른 사람들은 사범이라는 사실을 보는 즉시 알아차리고 바짝 긴장했다.

개방제자들은 항주의 거물들이 어째서 느닷없이 이런 보잘것없는 주루에, 그것도 한밤중에 나타난 것인지 영문을 몰라서 당황했다.

하지만 이유야 어찌 됐든 개방의 이결제자라면 천추문의 소문주에 비해서 까마득하게 아래 신분이다. 그러므로 지금은 무조건 최대한의 굴신(屈身)과 예의를 다해야 할 상황이다.

"개방제자들이 천추문의 두 분 소문주를 뵈오."

그러나 한정과 한무군 등은 냉랭한 표정으로 대꾸조차 하지 않았다.

이들은 숙객당 주방 내겸인 지연화를 구슬려서 명귀의 본명이 용비라는 것과 그의 집을 알아내서 곧장 이곳으로 찾아온 것이다.

한정은 뭔가 짚이는 바가 있어서 미령에게 다가가 한쪽 무릎을 꿇고 살펴보았다.

미령은 한쪽 뺨이 찐빵처럼 부어올랐고, 코와 입에서 피를 흘렸으며, 그리고 머리카락이 뭉텅 뽑힌 머리에서 흐른 피가 이마와 두 눈을 타고 흘러내려 끔찍한 몰골이었다.

한정은 두 손을 내밀어 미령을 조심스럽게 부축하며 온화한 목소리로 물었다.

"혹시 용비, 용 공자의 자당(慈堂)이신가요?"

미령은 눈물범벅인 얼굴로 한정을 바라보며 하소연을 하듯 중얼거렸다.

"그래요. 내가 용비 그 염병할 놈의 어미요."

한정은 한무군을 바라보았다. 더 이상 무슨 말이 필요하냐는 표정이다.

개방제자들은 분위기가 뭔가 이상하게 돌아간다고 직감했다. 그리고 그들의 직감은 적중했다.

한무군은 개방제자들을 쏘아보며 차갑게 말문을 열었다.

"용비는 천추문 사람이다. 개방이 천추문을 얼마나 하찮게 여겼으면 본 문 사람의 집에 와서 어머니에게 행패를 부리는 것이냐?"

"소문주, 저희는 다만……."

개방제자들은 전전긍긍했다. 사실 천추문이 하인 나부랭이를 갖고 자기네 사람입네 뭐네 하는 것은 생트집이나 다름이 없다.

 원래 자기네 사람이라는 것은 문파나 방파의 제자와 수하들을 가리키는 것이기 때문이다.

 하지만 이현령비현령(耳懸鈴鼻懸鈴), 코에 걸면 코걸이고 귀에 걸면 귀걸이다. 천추문 소문주가 자기네는 원래부터 하인을 매우 소중하게 여긴다고 말한다면 그런 것이다. 반박의 여지가 없다.

 장충림을 비롯한 세 명의 사범이 천천히 개방제자들에게 다가갔으며, 한무군의 냉엄한 목소리가 흘렀다.

 "무슨 일로 개방이 용비 어머님을 괴롭히고 있는지 이실직고해야 할 것이다."

 개방제자들의 얼굴이 사색으로 질렸다. 천추문은 항주오세의 한 문파다.

 그것은 항주가 천추문의 앞마당이며 개방은 그 마당의 한쪽 구석을 빌려서 쓰고 있는 신세라는 뜻이다.

 하지만 그런 주객(主客)의 입장을 떠나 이곳에서의 상황만으로 봤을 때도 개방제자들은 불리하기 짝이 없다. 그들 세 명이 합세를 해도 천추문의 사범 한 명조차 당해낼 자신이 없기 때문이다.

이런 상황에서 개방제자들이 할 수 있는 일은 한 가지뿐이다.

그대로 무릎을 꿇고 용서해 달라고 비는 수밖에는 방법이 없다.

한무군의 명령으로 사범 한 명이 개방제자 세 명의 팔다리를 또각또각 부러뜨려서 돌려보냈다.

그냥 보낸 것이 아니라 내일 날이 밝는 대로 개방 항주분타주가 직접 천추문에 찾아와서 오늘 밤에 있었던 일에 대해서 사죄하라는 말을 전하라고 했다.

한정과 한무군은 조금 전에 왜 개방제자들이 용비를 괴롭히는 것인지 이유를 들었다.

개방제자들이 아무리 좋은 말로 미사여구를 남발하면서 설명을 했어도 한정과 한무군은 용비가 부업으로 하고 있는 사우당을 개방의 소선개라는 조장이 괴롭히고 있다는 뜻으로 정확하게 받아들였다.

내일 아침에 동이 트자마자 개방 항주분타주가 천추문에 달려올 것이다.

오지 않을 수가 없다. 만에 하나 오지 않으면 앞으로 개방 항주분타가 항주에서 활동하는 데 막대한 지장을 받게 될 것이 분명하기 때문이다.

그러면 한정과 한무군은 개방 항주분타주에게 사과를 받아내는 것과 동시에 다시는 용비를 건드리지 못하도록 엄중하게 약속을 받아낼 생각이다.

미령은 한정과 한무군이 천추문 소문주라는 사실을 알고 나서 자신이 할 수 있는 최대한의 융숭한 대접과 예의를 갖추려고 애를 썼다.

미령은 신바람이 났다.

용비를 임신하여 기루에서 쫓겨난 이후 처음으로 자기와 격이 맞는 품격 높은 신분의 사람을 만났다고 생각했기 때문이다.

그녀는 한정과 한무군을 주루가 아닌 안채 자신의 방으로 안내했다.

장충림과 사범들은 용비가 오는지를 지켜보기 위해서 주루에 남았다.

붓기는 가라앉았으나 뺨에 선명한 손바닥 자국이 남은 미령은 잔뜩 어질러 놓은 방을 치우고 술과 안주를 내오느라 부산을 떨었다.

그녀의 집에는 애당초 차나 다과 같은 것이 아예 없다. 그녀가 지독한 술꾼이기 때문에 손님을 접대하는 것은 당연히 술이다.

한정과 한무군은 용비를 만나기 위해서 미령의 접대를 뿌리칠 수가 없었다.

그러나 원래 술을 마시지 않는 한정은 잠시 앉아 있다가 살며시 일어나 방을 나갔다.

안채에는 주방과 거실을 제외하면 방이 두 개뿐이다. 미령과 용비의 방이다.

미령의 방을 나선 한정은 어디선가 은은한 약초 향이 나는 것을 느꼈다.

주위를 둘러보고 자시고 할 필요가 없다. 미령의 방을 나서면 방은 옆에 있는 용비의 방 하나뿐이다. 약초 향은 그곳에서 풍겨 나오고 있었다. 한정은 그곳이 용비의 방이라고 직감했다.

그녀는 천목산에서 돌아온 이후 자신의 목숨을 구해준, 아니, 그보다는 몇 배나 더 큰 의미를 지니고 있는 이름 모를 소년을 찾는 일 외에는 아무것에도 흥미가 없었다.

그런데 이번의 무공서 해독 사건에는 이상하게 관심이 생겼다.

천추문에서 사람 취급도 하지 않는 하인보다 더 하급 신분인 외겸인 소년이 사건의 주인공이었기 때문일까. 아무튼 한정은 이 사건, 아니, 이 일에 대해서 깊이 파헤치면 파헤칠수록 점점 더 관심이 깊어졌다.

한정은 방문 앞에서 조금 망설였다. 남의 방에 허락도 없이 함부로 들어가는 것이 결례이기 때문이다.

그렇지만 방 안에서 솔솔 풍겨 나오는 약초 향의 궁금증을 누를 수가 없어서 조심스럽게 문을 열고 안으로 한 걸음 들어섰다.

두근.

그런데 갑자기 그녀의 가슴이 미약하게 두근거렸다. 그것은 예상하지 못했던 일이고 또 이상한 일이다.

원래 그녀는 간담이 크고 용맹한 성격은 아니지만, 그래도 무가의 여식이기 때문에 웬만한 일로는 긴장하거나 놀라지 않는 편이다.

그런데 아무리 낯선 사람의 방이기로서니 가슴이 두근거리다니 별일이다.

그녀는 조심스럽게 천천히 실내로 들어섰다. 그녀가 방 안을 둘러본 첫 느낌은 단정하고 깔끔하게 정리가 잘되어 있다는 사실이다.

실내는 그리 크지 않았다. 아니, 아담한 편이었다. 입구에서 정면 벽 쪽에 휘장이 없는 침상이 하나 놓여 있으며, 왼쪽에는 벽 전체를 차지하는 서가가 있다.

그곳에 수백 권의 책자가 빼곡하게 꽂혀 있다는 사실에 그녀는 뜻밖이라는 표정을 지었다.

그것만 보더라도 외겸인 용비라는 소년이 결코 범상하지 않다는 사실을 짐작할 수 있었다.

그리고 서가 맞은편 오른쪽 벽면에는 벽 전체를 차지하고 있는 서가 형태의 수납장이 설치되어 있었다.

수납공간의 크기가 제각각 달랐으며, 절반은 서랍 형식이고 나머지 절반은 칸막이만 되어 있는 공간인데 그곳에 수십 종류의 약초가 분류되어 있었다.

그리고 아래쪽 바닥에는 풍로와 약탕기, 환약 제조용 작은 절구와 약초와 환약의 무게를 다는 저울, 환약을 싸는 종이 더미가 정갈하게 정리되어 있었다.

두근.

그런데 약초 수납장을 보는 순간 한정의 가슴이 조금 전보다 더 크게 울렸다.

그때까지도 그녀는 왜 자신에게 이런 이상한 현상이 일어나는 것인지 짐작조차 하지 못했다.

그녀의 발길이 저절로 약초 수납장으로 향했다. 그러려고 마음을 먹지도 않았는데 발이 저절로 그녀를 그쪽으로 이끌고 있는 것이다.

또한, 약초 수납장이 가까워질수록 그녀의 가슴이 더 심하게, 그리고 빨리 두근거렸다.

그러더니 나중에는 방망이질을 하는 것처럼 미친 듯이 쿵쾅거렸다.

그리고 그녀는 이것이 자신의 이성에 의한 것이 아닌 운명의 이끌림일지도 모른다고 어렴풋이 생각했다.

그러지 않고서는 지금 이 상황을 도저히 이해할 수가 없었다.

'아아, 도대체 왜 이러는 걸까?

어느덧 약초 수납장 앞에 이른 그녀는 자신의 이런 급작스러운 변화의 원인이 무엇인지 찾아내려는 듯 재빨리 주위를 둘러보았다.

그러나 선뜻 시야에 들어오는 것이 없다. 그러면서도 가슴은, 아니, 심장은 터질 듯이 쿵쾅거렸다.

만약 원인을 찾아내지 못한다면 심장이 폭발해 버릴 것이라는 걱정이 앞섰다.

그녀의 두 손은 어느새 수십 개의 서랍을 하나씩 뽑아내고 있었다.

왜 그러는지도 몰랐으며, 무엇을 찾는 것인지도 모르는 행동이었다.

서랍 안에는 각기 크기와 색과 향이 다른 환약들이 더러는 많이, 또 더러는 조금 들어 있었다. 그녀의 손길이 점점 더 빨라졌다.

사륵.

그리고 어느 순간 하나의 서랍을 열고는 그녀는 그 자리에 얼어붙어 버렸다.

"헉!"

그와 동시에 그토록 미친 듯이 두근거리던 심장이 갑자기 뚝 멈춰 버렸다. 심장이 터져 버린 것이 아니라 정지해 버린 것이다.

그녀는 눈을 깜빡이지도 않고 커다랗게 뜬 채 서랍 안 바닥에 깔릴 정도로 조금 담겨 있는 완두콩 크기의 녹색 환약을 뚫어지게 주시했다.

"아아……."

그녀의 입에서 탄성 같기도 하고 비명 같기도 한 소리가 새어 나왔다.

그녀는 가늘게 떨리는 손을 급히 자신의 품속에 넣었다. 그리고는 천목산 사건 이후 한시도 몸에서 떼어놓지 않았던 물건을 조심스럽게 꺼냈다.

그녀의 손바닥에 놓여 있는 것은 낡은 누런 헝겊이었다. 그것을 펼치니 그곳에 다섯 알의 환약이 나타났다.

원래는 열 알이 있었으나 다섯 알은 그녀가 복용했다. 나머지 다섯 알은 차마 먹을 수가 없어서 소중히 간직하고 있었던 것이다.

그런데 그녀가 방금 열어본 서랍 안에 있는 녹색의 환약과 정확하게 일치했다.

그녀가 지니고 있던, 아니, 천목산에서 그녀를 구해주고 치료해 준 소년이 남기고 간 녹색 환약은 원래 이 서랍장에서 나온 것이 분명했다.

이미 눈으로 확인했으나 그녀는 더 확실히 하기 위해서 서랍에서 녹색 환약 몇 알을 꺼내 누런 헝겊의 녹색 환약과 섞어놓았다.

그랬더니 원래 그곳에 있던 것과 방금 섞은 것이 어느 것인지 구별하지 못할 정도로 똑같았다.

"흑……."

갑자기 나지막한 흐느낌과 함께 눈물이 솟구쳤다. 마침내 그를 찾아낸 것이다.

조금 전에 이 방에 들어섰을 때 왜 그다지도 가슴이 뛰었는지 이제는 알 것 같았다.

그녀의 감성이 이끈 운명의 만남은 과연 정확했다. 이곳에 그녀의 운명의 남자가 있었던 것이다.

한정은 자신이 그토록 찾아 헤맸던 소년이 바로 무공서 해독 사건의 용비일 줄은 꿈에도 상상하지 못했다.

"으흑흑……."

그녀는 그 자리에 주저앉아서 기어코 울음을 터뜨리고 말았다. 참으려고 하지 않고 그냥 울었다.

눈물이 나오면 나오는 대로, 흐느낌이 터지는 대로 그냥 속절없이 흐느껴 울었다.

그녀의 울음소리에 놀란 한무군과 미령이 급히 달려왔다.

"정아!"

한무군은 약초 수납장 앞에 주저앉아 대성통곡을 하는 한정을 발견하고 소스라치게 놀라 다가갔다.

"무슨 일이냐, 정아? 응?"

그러나 그녀는 너무 눈물이 쏟아지고 울음이 터져서 대답을 할 수가 없었다.

그저 두 손을 내밀어서 누런 헝겊에 놓여 있는 녹색 환약을 한무군에게 보여줄 따름이다.

단지 그것만으로 한무군은 어찌 된 일인지 즉시 알아차렸다. 하지만 믿어지지 않았다.

그토록 혈안이 되어 찾아 헤맸던 누이동생의 은인이 바로 천추문 숙객당 주방의 외겸인이었을 줄이야 뉘라서 상상이나 했겠는가.

"정아, 틀림없느냐? 천목산에서 너를 구해준 그 사람이 바로 용비라는 말이냐?"

한정은 여전히 대답을 하지 못하고 고개만 끄덕일 뿐이다.

"아아, 어찌 이런 일이……."

누이동생을 자신의 목숨보다 더 사랑하는 한무군은 감격에 겨워 눈시울이 뜨거워졌다.

第十章 절대십천(絶對十天)

萬
能書
生

"내가 너에게 요구하는 일은 한 가지뿐이다."

낯선 사내는 용비를 주시하며 조용한 목소리로 중얼거렸다.

요즘 용비의 퇴근 후 일과는 소선개를 감시하는 일이 대부분이다.

소선개가 수하 개방제자들과 떨어져서 혼자가 되기를 기다리는 것이다.

그런 순간이 닥치면 용비는 그와 일대일 대결을 시도할 생각이다.

설혹 싸우다가 목숨을 잃는 한이 있더라도 이 싸움은 결코 피할 수 없다고 판단했다. 그러므로 목숨을 내놓은 생사대결이 될 것이다.

그러나 그런 기회는 좀처럼 찾아오지 않았다. 그는 언제나 수하들과 함께 있었다. 술을 몹시 좋아하는 그는 자신의 거처이며 본거지인 화영 조단에 틀어박혀서 거의 매일 밤 와자하게 술판을 벌였다.

오늘 밤에도 용비는 어김없이 화영로에서 약간 벗어난 후미진 장소의 개방 화영 조단 근처에 숨어서 기회가 오기를 눈이 빠지게 기다리는 중이었다.

이기든 지든, 아니, 무조건 이겨야 하는 그 싸움이 끝나야지만 용비 주변의 일들이 예전으로 돌아갈 수 있다.

그런데 오늘 밤에도 용비가 골목 어귀에 숨어서 화영 조단을 감시하고 있을 때 그의 뒤에 추호의 기척도 없이 한 인물이 나타나 불쑥 말을 걸었다.

"네가 용비냐?"

그게 낯선 사내의 첫 마디였다.

용비는 돌아서서 낯선 사내를 쳐다보는 순간 그가 일전에 사우당에 찾아와서 은자 오백 냥의 일거리를 맡기려고 했던 그 사람이라는 사실을 직감했다.

소선개와 수하들은 온 항주 성내를 발칵 헤집고 다니면서도 용비를 찾아내지 못하는데, 낯선 사내는 족집게로 콕 집어내듯이 그를 찾아냈다.

"그 일만 해주면 매월 은자 오백 냥을 정기적으로 주겠다."

낯선 사내는 세 번째 말을 중얼거렸다.

용비는 낯선 사내를 똑바로 주시했다. 그는 청색 단삼을 입고 있으며 특이하게 허리 뒤쪽에 한 자루 도를 비스듬히 비껴찬 모습이다.

사십여 세 정도의 나이에 시커먼 구레나룻을 길렀으며, 코 밑과 입가에는 짧고 굵으며 검은 수염을 길렀다. 그는 매우 용맹하고 강인한 인상인데 구레나룻과 수염이 그를 더욱 강렬하게 보이도록 해주었다.

용비는 처음부터 줄곧 침묵을 지키면서 사내의 다음 말을 기다렸다.

사내도 잠시 침묵을 지켰다. 용비가 뭔가 물을 것이라고 짐작한 모양이다. 그러나 끝내 용비가 아무 말도 하지 않자 다시 말을 이었다.

"천추문 숙객당을 감시하는 일이다."

용비는 가볍게 표정이 변했다. 그러나 놀라지는 않았다. 그런 일거리를 요구할 줄은 예상하지 못했으나 그 정도로 특별하거나 어려운 일이겠거니 짐작은 하고 있었다.

그러니까 매월 은자 오백 냥이라는 거금을 주겠다는 것이 아니겠는가.

"숙객당에 현재 누가 머물고 있는지, 그리고 새로 들어오고 나가는 사람들이 누군지 알려주는 일이다. 그것만 해주면 매월 은자 오백 냥을 주겠다."

천추문 숙객당에는 현재 백오십여 명쯤이 머물고 있다. 그들 모두의 신분을 확인하는 것은 불가능한 일이다. 자신이 누군지 드러낸 사람도 있지만 그렇지 않은 사람들도 있기 때문이다.

"신분을 알아낼 수 없는 사람은 특징이나 무기 따위를 기록해 주거나 그림을 그려줘도 된다."

낯선 사내는 용비의 그림 그리는 실력이 뛰어나다는 사실까지 조사한 것이 분명했다.

"왜 그러는지 물어봐도 되오?"

"안 된다."

용비의 다소 건방진 듯한 말투에도 낯선 사내는 기분 나쁜 표정을 짓지 않고 그의 요구를 단칼에 잘랐다.

용비는 뚫어지게 낯선 사내를 주시했다. 하지만 이 일을 받아들일 것인가 말 것인가를 고민하는 것이 아니다. 과연 이 사내가 누구기에 그런 의심스러운 청부를 하는 것인지 생각하는 것이다.

낯선 사내는 안개가 부옇게 낀 잔잔한 호수의 수면 같이 자욱한 눈빛을 지니고 있었다. 그는 표정의 변화도 없으며 눈빛조차 깊이 가라앉아서 무슨 생각을 하고 있는지 도저히 알아낼 수가 없다.

용비는 이 낯선 사내가 무림고수이며, 어쩌면 그는 항주오세 중 한 방파나 문파의 인물일 가능성이 크다고 추측했다.

항주오세는 항주 성내와 인근에 분포하고 있으나 실제로는 절강성 전체를 장악한 세력이라고 할 수 있다.

또한, 항주오세는 이강(二强), 이중(二中), 일약(一弱)의 세력을 지니고 있다. 즉, 둘은 강하고 둘은 중간이며 하나가 약하다는 것이다.

이강은 천추문과 신룡보(神龍堡)다. 사실상 이 두 개의 문파가 항주, 아니, 절강성 전체의 패권을 놓고 암중으로 다투고 있는 중이다.

그래서 용비는 이 낯선 사내가 혹시 신룡보 인물이 아닐까 추측해 보았다.

하지만 이상하다. 무엇 때문에 천추문 숙객당에 묵고 있는 사람들의 자세한 신분과 들고나는 사람들까지 조사를 하려는 것인가.

그들은 단지 천추문에 신세를 지고 있는, 말 그대로 숙객일 뿐이다.

더구나 그들은 천추문의 핵심 세력이라고 할 수가 없다. 그러므로 그들을 조사할 하등의 이유가 없는 것이다.

그래서 용비는 이 낯선 사내가 신룡보의 인물은 아닐 것이라고 생각했다.

하지만 아무리 궁리를 해봐도 낯선 사내의 의도를 짐작해낼 수가 없었다.

그렇다고 매월 은자 오백 냥의 짭짤한 수입을 거절하고 싶지도 않았다.

용비는 천추문의 일개 하인, 아니, 하인보다 하급 신분인 외겸인일 뿐이다.

그러므로 천추문의 흥망성쇠에는 아무런, 아니, 일말의 관심조차도 없다.

천추문이 흥하든 망하든 그가 알 바 아니다. 문주 일족이나 제자들이 지녀야 하는 충성심 같은 것이 일개 외겸인에게 있을 리가 만무했다.

그래도 아주 조금쯤은 이왕이면 천추문이 망하지 않았으면 하는 마음이 있기는 하다.

용비가 적을 두고 있는 곳이니까 아예 모르는 남보다는 조금쯤 두둔해 주는 편이라고 할 수 있다.

"생각할 시간을 주시오."

잠시 후에 용비는 그렇게 말했다. 조금 더 주판알을 튕겨봐야겠다는 생각이다.

이것은 그에게 이득이 되는 일은 확실하지만 낯선 사내의 꿍꿍이속을 모른다는 것이 찜찜했다.

낯선 사내는 이 일을 맡기기 전에 항주에서의 용비의 평판이나 실력에 대해서 자세히 조사를 했다. 그래서 그가 최고의 적임자라는 결정을 내렸다.

"소선개의 일을 처리해 주겠다."

낯선 사내가 불쑥 제시하자 용비는 슬쩍 검미를 찌푸렸다. 그의 제안은 용비로서는 매월 은자 오백 냥을 받는 것만큼이나 좋은 것이다.

낯선 사내가 소선개를 제거해 주면 사우당을 재가동할 수 있으며, 항주 성내에서의 용비와 친구들의 활동이 자유로워지기 때문이다.

그렇지만 용비는 미끼를 덥석 물지 않았다. 그는 비록 어린 나이지만 경험이 풍부하고 생각이 깊다.

그의 경험에 의하면 미끼가 달콤하고 클수록 치러야 하는 대가도 큰 법이다.

또한 낯선 사내는 이 일을 반드시 용비에게 맡기려는 것이 분명했다.

눈에 보이지는 않지만 그는 필사적인 듯했다. 그럴수록 자

신이 나중에 치러야 할 대가나 위험이 큰 법이라는 것을 용비
는 잘 알고 있다.

특히 낯선 사내가 용비에 대해서 일거수일투족을 다 알고
있다는 사실이 마음에 걸렸다.

뿐만 아니라 개방 항주분타의 조장인 소선개를 처리해 주
겠다고 한다.

그것도 별로 어려운 일이 아니라는 듯 말이다. 그것은 그가
개방 항주분타 정도는 안중에도 없다는 사실을 말해주고 있
는 것이다.

용비와 낯선 사내는 골목 어귀에서 두 걸음 정도 거리를 두
고 서로 마주 보고 있다.

이 대화를 시작한 이후 두 사람은 상대의 얼굴에서 잠시도
시선을 떼지 않고 있는 중이다.

"매월 은자 천 냥을 주마. 그리고 지금 당장 소선개를 죽여
주겠다. 더 이상은 바라지 마라."

마침내 낯선 사내가 마지막 제안인 듯 나직이 중얼거렸
다.

그 순간 기뻐해야 할 용비는 손으로 심장을 꽉 움켜잡은 듯
한 압박감을 느꼈다.

'제대로 걸려 버렸다.'

그 순간 용비는 커다란 낚싯바늘이 자신의 입안에 꽉 박혀

서 코를 뚫고 나오는 것을 느꼈다.

낯선 사내는 은자 오백 냥의 두 배인 천 냥을 주겠다고 한다. 그리고 소선개를 죽여준다는 것이다.

용비에게는 최상의 제안이다. 이보다 더 좋은 제안이 있을 수 없다.

매월 은자 천 냥에 소선개를 죽여주면 사우당은 아무런 장애도 받지 않고 쌩쌩 잘 돌아가게 될 것이다.

그러나 그것이 절대로 입에서 빠지지 않는 낚싯바늘이라는 것을 용비는 방금 알아차렸다.

만약 용비가 이 청부를 거절한다면 낯선 사내는 절대로 그냥 물러나지 않을 것이다.

낯선 사내는 용비에게 천추문 숙객당을 감시해 달라는 말을 이미 뱉어냈다.

그것은 매우 중대한 내용이다. 또한, 그 말은 다시는 주워 담을 수 없다.

그러므로 용비가 거절한다면 필경 그를 죽여서 입을 봉하려고 하든가, 어떻게 해서든 자신의 말에 따르도록 만들 것이다. 그것은 물어보지 않아도 뻔하다.

"정말 은자 천 냥에 소선개를 죽여주는 것이오?"

용비는 낯선 사내의 제안에 크게 마음이 움직인 듯한 표정으로 재차 확인했다.

그는 속으로는 절대로 이 일을 맡아서는 안 되겠다는 결정을 방금 내렸다.

하지만 목숨을 지키기 위해서는 이 순간만큼은 낯선 사내의 제안을 받아들이는 척해야만 했다.

"그렇다. 은자 천 냥은 지금 주고 반 각 이내에 소선개를 죽여주마."

낯선 사내의 입가에 보일 듯 말 듯 미소가 매달렸다.

용비는 순진무구한 표정을 지으려고 애쓰면서 손가락 하나를 세워 보였다.

"알겠소. 하지만 하루만 여유를 주시오. 딱 하루만."

그는 내일 아침에 날이 밝는 대로 이 일을 사부 완사에게 말하고 의논을 할 생각이다.

낯선 사내는 슬쩍 미간을 찌푸리고는 묵묵히 용비를 주시했다. 용비의 음산하고 으스스한 얼굴에 떠올라 있는 기뻐하는 기색의 진위를 간파하려는 것 같았다.

용비는 왜 하루만 여유를 달라고 하는지 구차하게 변명을 늘어놓지 않았다.

섣부른 변명은 오히려 불리할 수도 있기 때문이다. 이럴 때는 그저 입 닫고 자신이 지을 수 있는 최대한의 순진한 표정을 짓고 있으면 된다.

"알았다."

이윽고 낯선 사내는 고개를 끄덕였다.

"내일 밤 해시(10시)에 너희 집으로 가겠다."

그가 용비네 집을 알고 있다는 사실은 이제 더 이상 놀랍지도 않았다.

"아니, 사우당으로 오시오."

"알았다. 소선개를 죽이고 가마."

용비를 만나기 전에 소선개를 죽이겠다는 것은 아예 대못을 박아놓겠다는 뜻이다.

용비는 골목 밖으로 고개를 내밀고 슬쩍 개방 화영 조단을 살펴보았다.

그 안에서 여전히 시끌벅적 떠드는 소리가 흘러나오는 것으로 미루어 소선개 등은 아직도 술을 마시고 있는 것이 분명했다.

그런데 용비가 다시 낯선 사내를 쳐다보려고 할 때 그는 이미 감쪽같이 사라지고 없었다. 급히 골목 안쪽과 거리 쪽을 살펴봤지만, 그의 모습은 보이지 않았다.

쿵쿵.

용비는 천추문의 하인 등속이 출입하는 측문을 두드렸다.

공식적으로는 술시(밤 8시) 이후에 측문의 출입은 금하고 있지만 어디에서든 예외는 있는 법이다. 천추문 내에서 숙식을 하는 하인들이 잠시 외출을 할 때 술시 이후에도 간간이 출입이 허용된다.

쪽문이 열리고 낯익은 무사의 모습이 보이자 용비는 넙죽 허리를 굽혀 인사를 한 후 준비해 온 묵직한 보자기를 공손히 내밀었다.

천추문은 백여 명 정도 무사를 보유하고 있다. 그들은 제자하고는 달리 녹봉을 받으면서 천추문의 경계와 호위 따위를 해주는 수하들이다.

보자기 안에 간단한 요리와 술이 들어 있는 것을 확인한 무사는 싱긋 흡족한 미소를 지어 보이며 용비를 안으로 들어오게 했다.

용비는 총총히 숙객당으로 향했다. 그는 내일 아침에 사부 완사에게 상의를 하려고 생각했으나 마음이 급해서 도저히 내일 아침까지 기다릴 수가 없었다.

해시가 훨씬 넘은 시간인데도 사부 완사는 자지 않고 책을 읽고 있었다.

"무슨 일이 있느냐?"

이런 늦은 시간에 불쑥 찾아온 적이 한 번도 없는 용비를 보며 완사는 조용히 물었다.

"네, 사부님."

완사 앞에 무릎을 꿇은 용비는 낯선 사내에 대해서 자세히 설명을 했다.

하지만 자신의 생각은 일체 말하지 않았다. 완사의 추측을 방해할 수도 있기 때문이다.

"음. 그자의 모습을 그릴 수 있겠느냐?"

용비의 그림 실력은 사부 완사에게서 배운 것이다. 용비는 즉시 먹을 갈고는 약 반 각에 걸쳐서 일필휘지로 화선지에 낯선 사내의 모습을 그렸다. 그자의 모습을 그대로 옮겨놓은 것 같은 놀라운 그림 실력이다.

완사는 그림을 유심히 굽어보았다. 용비는 그런 사부를 조심스럽게 바라보았다.

잠시 후에 완사는 그림을 접어서 용비에게 내밀면서 그의 머리를 쓰다듬었다.

"비야, 별일 없을 것이다. 염려하지 마라."

용비는 자신에게 엄청난 재앙이 될 수도 있는 낯선 사내의 청부를 사부가 어째서 별일 없을 것이라고 말하는지 조금도 의심하지 않았다. 그저 사부가 별일 없을 것이라고 말했으니 그럴 것이라고 믿었다.

사부의 한마디는 지금까지 가슴을 짓누르고 있던 근심을 씻은 듯이 날려주었다.

용비는 사우당의 일이나 어머니가 주루를 한다는 것 등 천추문 밖에서의 일은 완사에게 말한 적이 없다. 그러니까 완사는 지금 처음 듣게 된 것이다. 그런데도 그는 거기에 대해서는 한마디도 하지 않았다.

슥—

"이걸 갖고 가거라."

완사는 침상 옆에 세워두었던 둥글고 길쭉한 그림통을 용비에게 건네주었다.

용비는 그걸 받으면서 그 안에 사부 완사가 그동안 그렸던 그림들이 들어 있을 것이라고 짐작했다.

"비야."

완사는 온화하게 미소 지으면서 그를 불렀다.

"네, 사부님."

"사부에겐 정인이 한 사람 있단다. 사람들은 그녀를 옥소선(玉簫仙)이라고 부르지."

용비는 사부에게 사사로운 얘기를 듣는 것이 처음이라서 눈을 빛내며 귀를 기울였다.

완사는 다시 한 번 용비의 머리를 부드럽게 쓰다듬었다.

"나중에 시간이 나면 한 번 그녀를 만나러 대파산(大巴山)에 가보아라."

용비는 '사부님과 함께 가요'라고 말하고 싶은 것을 참았다. 나중에 말할 기회가 있을 것이라고 생각했다.

"이제 그만 가봐라."

"사부님, 편안히 주무십시오."

용비는 공손히 절을 올리고 조심스럽게 뒷걸음질쳐서 문으로 향했다.

그때 그는 사부가 온화한 눈빛으로 자신을 바라보고 있는 것을 발견했다. 평소에 사부는 용비가 방에서 나갈 때 벽을 응시하거나 술을 마시거나 다른 행동을 취했는데 오늘은 조금 달랐다.

탁.

"휴우……."

문을 닫고 밖으로 나온 용비는 긴 안도의 한숨을 토해냈다. 그러면서 낯선 사내에 대한 이야기를 사부에게 하기를 정말 잘했다고 생각했다.

용비는 항주 화영로에서 멀찌감치 떨어진 곳의 평범한 객잔에 방을 하나 얻어두었다.

그곳에서 사우당 네 명의 친구가 소선개를 피해서 숨어 지내고 있는 것이다.

임시(壬時:밤 11시)가 넘은 시간에 용비는 부지런히 밤거리를 달려서 객잔으로 가고 있는 중이다.

사부가 준 그림통에는 끈이 달려 있어서 어깨에 단단히 붙들어 맨 채 천추문을 나선 후 한시도 쉬지 않고 달려오고 있는 중이다.

객잔에 거의 다 와갈 무렵에 용비는 밤거리 한복판에 우뚝 서 있는 한 인물을 발견하고 주춤했다.

'소선개!'

이십여 장쯤 먼 거리지만 용비는 통통한 체구에 둥글고 넙데데한 얼굴을 지닌 소선개를 한눈에 알아보았다.

뚝 달리는 것을 멈춘 그는 반사적으로 뒤돌아보았다. 그런데 뒤쪽 양쪽 골목에서 십여 명의 개방제자들이 꾸역꾸역 몰려나오더니 금세 용비의 배후를 차단했다.

소선개는 사우당 친구들이 숨어 있는 객잔을 찾아낸 것이 분명했다.

그리고는 용비가 없다는 사실을 확인하고는 그를 기다리고 있었을 것이다.

탓!

길게 생각할 여유가 없는 용비는 발끝으로 힘껏 땅을 박차고 소선개를 향해 전력으로 돌진했다. 십여 명의 개방제자들보다는 소선개 한 명을 상대하는 것이 그나마 나을 것이라고 판단했다.

뒤돌아볼 여유도 없다. 일단 이곳을 빠져나가는 것이 급선

무다.

용비가 거리 한복판으로 곧장 달려가자 소선개는 두 발과 두 팔을 벌리고 허리를 약간 굽힌 채 마치 개를 모는 듯한 자세를 취했다.

그 모습을 보고 용비의 미간이 슬쩍 찌푸려졌다. 그가 낯선 사내의 제안을 받아들였다면 소선개는 이미 아까 죽었을 것이다.

결론적으로 그가 제안을 하루 미뤘기 때문에 소선개도 목숨을 부지하고 있는 것이다.

그것도 모르는 소선개는 히죽히죽 득의한 미소를 짓고 있다.

휙!

소선개와의 거리가 오 장으로 좁혀지자 용비는 갑자기 방향을 틀어 오른쪽 골목으로 쏘아 들어갔다.

구태여 뒤돌아보지 않아도 소선개가 추격해 오고 있다는 것을 알 수 있었다.

골목 안으로 막 들어선 용비는 아차 하는 표정을 지었다. 골목 끝이 막혀 있었다. 즉, 막다른 골목이다.

'이런······.'

힐끗 뒤돌아보니 소선개가 득달같이 달려오고 있었다.

"소선개, 할 말이 있다."

용비는 달리는 것을 멈추고 뒤돌아서며 급히 말했다.

"키히힛! 하고 싶은 말은 반죽음당한 후에 해라."

소선개는 괴이하게 웃으면서 그대로 달려오며 맹렬하게 주먹을 날렸다.

용비는 재빨리 품속에서 낯선 사내의 그림을 꺼내서 펼치며 외쳤다.

"이자가 널 죽이려고 한다!"

"개소리!"

소선개의 두 주먹이 용비에게 날아들었다. 그는 눈을 부릅뜨고 다급히 상체를 흔들어 두 개는 피했으나 세 번째 공격에 턱을 적중당했다.

뻑!

"크윽!"

상체가 뒤로 젖혀진 채 허공으로 붕 떠올라 날아가는 용비는 머릿속이 새하얘졌다.

쿵!

그는 등을 땅에 호되게 부딪치면서 떨어졌다.

"이 새끼! 감히 나를 물먹여?"

토지묘를 지키고 있던 두 명의 개방제자가 죽음을 당하고 요조를 뺏긴 소선개는 화가 머리끝까지 치솟아 있었다. 그는 아예 용비를 일격에 죽이겠다는 듯 허공으로 뛰어올랐다가 발뒤꿈치로 그의 얼굴을 무지막지하게 찍어왔다.

위잉!

용비는 저기에 적중되면 죽을 것이라는 생각이 들었다. 순간 그는 자신의 오른손과 팔에 사신검이 새겨져 있다는 사실을 기억해 냈다.

순간적으로 그는 삼원심법을 운공하는 것과 동시에 쏘아내리는 소선개를 향해 다급히 오른팔을 휘둘렀다.

키아악!

"으헛!"

순간 소선개는 용비의 오른손에서 느닷없이 시커멓고 커다란 새 한 마리가 튀어나와 자신을 향해 달려드는 것을 발견하고 소스라치게 놀랐다.

파악!

"흐윽!"

다음 순간 그는 왼쪽 어깨에 화끈한 통증과 피가 푹! 하고 뿜어지는 것을 느꼈다.

그는 오른손으로 왼쪽 어깨를 감싸면서 비틀거리며 놀란 얼굴로 용비를 쳐다보았다.

"으으… 방금 그게 뭐야?'

용비는 벌떡 퉁기듯 일어섰다. 방금 얻어 터진 턱이 으깨지는 것 같고 입에서 피가 줄줄 흘렀으나 흰 이를 드러내고 소선개를 쏘아보며 경고했다.

"다시 덤벼든다면 이번에는 제대로 죽여주겠다."

용비는 방금 자신의 오른손에서 발출된 것이 삼원심법 사공 중에서 주작공이라고 생각했다. 사신검에서 뿜어져 나간 검은 새가 주작이었기 때문이다.

소선개는 자신의 왼쪽 어깨를 힐끗 쳐다봤다. 어깨가 뭉텅 짓이겨져서 샘물처럼 피가 흘러 금세 왼팔을 적시고 바닥에 뚝뚝 떨어졌다.

그는 방금 전에 자신이 목격했던 것이 무림에서 전설로 내려오고 있는 어떤 초절수법(超絶手法)이라는 것을 짐작조차 하지 못했다. 하지만 시간을 두고 곰곰이 반추한다면 기억해 낼지도 모른다.

용비는 왼손의 그림을 펼쳐서 앞으로 내밀었다.

"내 말이 거짓이 아니다. 이자가 널 죽이려고 한다."

그는 이 자리에서 무사히 빠져나가고 또 낯선 자가 누군지 알고 싶었다.

개방이 천하의 소식통이라는 사실은 너무도 유명하기 때문에 소선개가 혹시 낯선 사내를 알고 있을지도 모른다고 생각한 것이다.

소선개는 경계하면서도 어리둥절한 표정으로 용비의 얼굴과 그림을 번갈아 쳐다보았다. 그러다가 '어?' 하는 표정으로 그림에 시선을 고정했다.

탁!

그는 번개같이 그림을 낚아채서 자세히 들여다보더니 의아한 표정으로 용비를 쳐다보았다.

"네놈이 광폭도(廣幅刀) 대협을 어떻게 아느냐?"

"광폭도?"

용비의 생각은 적중했다. 소선개는 낯선 사내가 광폭도라고 확인해 주었다.

"그는 어떤 인물이냐?"

"절대십천(絕對十天)의 일을 하시는 분이다."

그러더니 그는 손을 내저었다.

"너 같은 놈은 알 것 없다."

용비는 흠칫 놀랐다. 방금 들은 내용은 그를 놀라게 하기에 충분했다.

절대십천. 전설상의 열 명의 절대자(絕對者)가 천하를 지배한다는 곳이라고 알고 있다.

그런데 어째서 그곳의 인물이라는 광폭도가 천추문 숙객당에 대해서 알려는 것인가.

"조장!"

뒤늦게 달려온 개방제자들이 소선개에게 달려들어 그의 다친 왼쪽 어깨를 치료하느라 부산을 떨었다.

그리고 나머지는 우르르 용비에게 달려들며 공격을 퍼부으려고 했다.

"멈춰라."

그런데 소선개가 손을 뻗으며 개방제자들을 제지했다.

그는 포위당한 상태에서도 추호도 위축되지 않은 모습으로 우뚝 서 있는 용비를 보며 입술을 씰룩였다.

"이제부터 너는 광폭도 대협께서 왜 나를 죽이려고 하는지에 대해서 나를 이해시켜야 할 것이다."

'음! 조금 전에 그것은 분명히 사신검이었다!'

골목 밖 거리 맞은편 어느 삼 층 전각 용마루에 우뚝 선 한 인물이 옷자락을 날리면서 내심 중얼거렸다.

그는 낯선 사내 광폭도다. 조금 전에 그는 용비의 오른손에서 뿜어져 나온 시커먼 주작을 똑똑히 목격했다.

'그렇다면 설마 저 어린놈이 그자의 제자라는 말인가?'

그는 용비가 소선개에게 광폭도 자신에 대해서 설명하고 있는 것을 들으면서도 별로 개의치 않았다.

'후후후, 이런 공교로울 데가. 내가 찾고 있는 자의 제자에게 그자를 찾는 일을 청부했다니.'

광폭도의 입가에 스산하면서도 잔인한 미소가 떠올랐다.

방금 그는 소선개와 개방제자들을 모조리 죽이고 나서 용
비를 제압하여 그의 사부가 있는 곳과 그에 대해서 알아내야
겠다고 생각했다.

『만능서생』 2권에 계속…

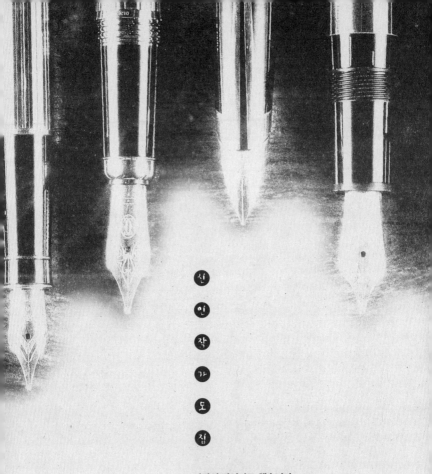

신 인 작 가 도 집

시작이 반이라고 했습니다.
작가의 길에 대한 보이지 않는 벽을 과감히 깨뜨리십시오!
청어람은 작가 지망생 여러분들의
멋진 방향타가 되어드리겠습니다.

저희 도서출판 청어람에서는
소설 신인 작가분들을 모집합니다.
판타지와 무협을 사랑하시는 분들의 많은 참여를 바랍니다.
소정의 원고(A4용지 150매)를 메일이나 우편으로 보내주시면
검토 후 출판 여부를 알려드리겠습니다.

주소:경기도 부천시 원미구 심곡2동 163-2 서경B/D 2F 우편번호 420-822
TEL:032-656-4452 · **FAX**:032-656-4453
http://**www.chungeoram.com**
e-mail:chungeoram@chungeoram.com

촌부 新무협 판타지 소설
FANTASTIC ORIENTAL HEROES

천새
협로

『우화등선』, 『화공도담』의 뒤를 잇는
작가 촌부의 또 하나의 도가 무협!

무림맹주(武林盟主), 아미파(峨嵋派) 장문인(掌門人),
군문제일검(軍門第一劍), 남궁세가(南宮勢家)의 안주인.

그들을 키워낸 어머니─
진무신모(眞武神母) 유월향(柳月香)!

어느 날, 그녀가 실종되는데······.

"하, 할머니는 누구세요?"

무한삼진의 고아, 소량(少兩)에게 찾아온 기이한 인연.

세상과 함께 호흡을 나눌 수 있다면[天地同息]
천하의 이치를 모두 얻으리라[天下之理得]!

이제, 천하제일인과 그녀가 길러낸
마지막 자손의 이야기가 펼쳐진다!

Book Publishing CHUNGEORAM
유통이 아닌 지유주의
WWW.chungeoram.com

Lord of MAGIC
마탑의 영주 TOWER

유왕 퓨전 판타지 소설

최대 장르 사이트 문피아 선호작 베스트!
작가 유왕이 그려내고,
청어람이 펼쳐내는 신마법의 세계!

『마탑의 영주』

**마법이 사라지고,
드래곤은 환상 속의 신화가 되어버린 세계.
누구도 그 흔적을 알지 못하는 세계.**

'마법이 사라졌다고? 누가 그래? 내가 있는데!'

**위대한 마법사이자 마지막 마법사인
스승의 진전을 이은 카르!
황폐해진 영자를 되찾고, 마법사들의 꿈인 마탑을 세워라!
세상에 오직 하나뿐인 새로운 마법의 시대를 여는
독보가 펼쳐진다!**

Book Publishing CHUNGEORAM

유행이 아닌 자유추구 -
WWW.chungeoram.com

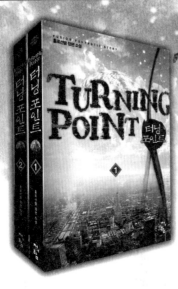

홀로선별 장편 소설

TURNING POINT

**영빈!
동정의 몸이 되어
20년 전으로 회귀하다!!**

나이 서른아홉 모든 것을 잃고 한강 다리 위에 올랐다.
검푸르게 넘실거리는 깊은 물을 대면한 순간.

운.명.은 이루어졌다!

정령의 힘으로 결의한 지금
새로운 인생의 전환점을 넘어 미래가 펼쳐진다!

『터닝 포인트』

홀로선별 작가의 새로운 도전이 펼쳐진다!

Book Publishing CHUNGEORAM

제국의 군인

요람 판타지 장편 소설

마도제국 알스테르담
그곳에 펼쳐지는 웅장한
스펙터클의 전율!

『제국의 군인』

"이런 미친……!'

분명 어제 전역을 했었다.
그리고 진탕 술을 마셨었는데……
눈을 떠보니 김철영이 아닌 휘안이다.

**살아남기 위해 미친개가 되었고,
돌아가기 위해 수문장이 되었다.**

**징집병으로 시작해,
군인으로 정점을 찍은
한 사나이의 이야기가 시작된다!**

유행이 아닌 자유추구 -
WWW.chungeoram.com